Paolo Truffelli

Buon vino non mente

MNAMON

L'ambientazione della storia è chiara e realistica, debitamente supportata da adeguate, e a volte minuziose, indicazioni topografiche. Tuttavia, nel muovermi su e giù per la val di Fassa e altri luoghi limitrofi, mi sono concesso qualche libertà, qualche vaghezza (o voluta imprecisione) e una calcolata omissione. Ovviamente a beneficio della vicenda, che, in tal maniera, *funziona meglio*, come direbbe il commissario Bezzi, il quale sta appunto per comparire alla pagina successiva.

Capitolo 1

Per la valle soffiava un vento gelato: terra e qualche frammento di pietrisco turbinavano scomposti sull'erba secca. Quando il frastuono cessava, era possibile udire il mormorio sonnolento del torrente quasi ghiacciato che attraversava il paese per tutta la lunghezza, spartendone le case sui due versanti fino alla piazza principale, dove affacciavano negozi, locali, ristoranti e un piccolo supermercato. Non molto oltre, superato il secondo ponte e lasciata sulla destra la chiesa, l'abitato aveva termine ed il torrente proseguiva il suo lento corso ai piedi della strada provinciale, per poi attraversare un altro paese e di nuovo correre a fianco della strada, perdendosi nel crepuscolo che avanzava dall'orizzonte. La temperatura era ben oltre sotto lo zero e il commissario Bezzi dovette trafficare non poco prima di riuscire a far ruotare la chiave nella toppa, il cui meccanismo sembrava soffrire i rigori di gennaio. Riuscì infine ad estrarla senza spezzarla e se la mise in tasca. Indossò in fretta i guanti prima di perdere sensibilità alle dita e si calcò sulla testa un cappello di lana. Attorno al collo aveva annodato una sciarpa spessa che iniziava a dargli prurito. Si avviò di buon passo verso il piazzale affrontando i fari delle auto che salivano in senso inverso. Di lì a poco avrebbe raggiunto il teatro. La struttura, con il suo miscuglio di cemento, marmo rosato e vetro, occupava un'area laterale del parcheggio principale, quasi a ridosso del torrente. Visto dall'alto, lungo l'ampia curva del tornante, sembrava più un insieme di elementi architettonici accostati l'uno all'altro che un edificio organico. Quando ne raggiunse l'ingresso, il commissario si trovò di fronte ad un corpo aggettante che gli ricordò la facciata di un tempio cinese, con il tetto ricurvo appoggiato ad una fila di colonne lisce e regolari. Si domandò quale mente stravagante avesse partorito un progetto così dissonante tanto con qualsiasi senso di unità, quanto con tutte le altre manifestazioni edili della valle, da quelle più antiche a quelle più recenti. Mancando tuttavia pochi minuti all'inizio della conferenza, decise di non soffermarsi troppo sulla questione e, varcata un'ampia porta a vetri, si diresse verso la biglietteria. In coda davanti a lui vi erano meno di una trentina di persone: forse la totalità dei partecipanti all'evento che aveva come oggetto la coltivazione della vite e la produzione di vino durante l'antichità nella regione del Trentino, le cui valli e le cui vette erano allora occupate dai Reti, popolazione sedimentatasi nella memoria del commissario grazie ad un corso sulle civiltà preromane che aveva frequentato ai tempi della sua giovinezza accademica, salvo poi decidere di non sostenerne l'esame.

Certo non avrebbe potuto, né voluto, affermare di aver percorso oltre trecento chilometri e sostenuto quasi quattro ore di viaggio solo per prendere parte, come mero spettatore, ad un'iniziativa culturale di risonanza a dir poco modesta. I motivi che lo avevano condotto nel cuore della valle di Fassa risultavano invero essere di natura esclusivamente atletica, fatta eccezione per le sistematiche sortite serali nei ristoranti e nelle locande della zona per verificare l'effettiva fama di eccellenza di cui si pregiava la tradizione eno-gastronomica locale.

Insomma, a Marta che, di ritorno dalle festività natalizie (che aveva trascorso in Costa Azzurra con un paio di amiche), gli aveva domandato come mai stesse riempiendo un'enorme valigia con tutto il campionario dei suoi abiti invernali e con quello della sua attrezzatura da ciclista, Bezzi aveva risposto laconicamente che, essendo finalmente giunto il suo turno di prendersi qualche giorno di ferie, aveva deciso di trascorrerlo in montagna dove, visto il clima di estrema siccità in corso da tempo e previsto ancora per alcuni giorni a venire, avrebbe potuto fortificare le sue qualità di ciclista su strade perfettamente asciutte, avvolto dal temprante rigore invernale.

- non ti preoccupare, Marta, ho già preso accordi con la mamma: salirà lei a tenerti compagnia durante la mia assenza -

- d'accordo. Allora forse è per questo che hai sgomberato mezzo armadio trasferendolo nella valigia -

- perspicace come sempre. Non ti fa piacere? -

- che salga la mamma? Ma certo. Potevi solo comunicarmelo con un po' più di anticipo -

- ho deciso solo all'ultimo -

Era la verità. Aveva chiamato Angela pochi giorni prima, cogliendo l'occasione dei consueti auguri di buon anno per chiederle se aveva voglia di trascorrere un breve periodo a Milano.

- con te? -

- no, solo con Marta -

- allora si può fare -

- ti ringrazio. Sali da sola, vero? -

- certo -

- bene: puoi usare il mio letto -

- vorrei ben vedere! dove andrai? -

- è importante? -

- no, ma potrebbe essere interessante -

-non mi sposto per lavoro; vorrei prendermi qualche giorno di ferie -

- stanco? -

- non più del solito. Il fatto è che mi manca pedalare come si deve. Qua attorno c'è solo pianura... -

- e dove hai deciso di rispolverare le tue doti atletiche? -

Le disse il nome della località dove aveva affittato un piccolo appartamento.

- ne ho sentito parlare. Dicono sia un posto molto bello -

- lo hanno detto anche a me. Spero sia vero -

- be', fra non molto lo scoprirai -

Il paese non aveva tradito le attese e neppure la sua fama. Incastonato in mezzo ad una chiostra di montagne maestose e brulle (non era caduto neppure un filo di neve), si apriva con una grazia di casette curate, in una profusione di legno scuro e odore di stufe e camini in cui ardevano ceppi e sterpi aromatici. Il profumo di cibo buono e pietanze intense, sostanziose, trapelava in ogni anfratto con la dolce pienezza di una verità ancestrale, di un legame atavico fra il luogo e le sue tradizioni, le sue risorse, i suoi modi di vita. Una purezza che contemplava come unica e insensata eccezione proprio il teatro nella cui hall il commissario stava indugiando in attesa che la conferenza avesse inizio. I pochi spettatori avevano volti da città, fattezze di turisti curiosi imbattutisi, come lui, probabilmente per caso nella locandina che annunciava l'evento di quella sera, proclamandone a grandi caratteri l'argomento e il nome del relatore, un tale professor Mela, la cui rinomanza risultava in realtà piuttosto circoscritta.

Bezzi si sentiva stanco dopo la pedalata mattutina al passo del San Pellegrino, durante la quale aveva arrancato per una salita di diversi chilometri, a tratti dura e a tratti addirittura impietosa anche per le sue gambe allenate e i suoi polmoni ancora dignitosamente capienti. La ripida discesa di ritorno aveva provveduto a sfiancargli le braccia e la schiena, mentre tagliava il gelo delle curve. "Mi sono troppo assuefatto alla pianura" aveva concluso sotto il getto bollente della doccia.

Un evento culturale, seguito da una cena a base di carne salada su crosta di patate, polenta con funghi e Lagrein riserva in abbondanza, avrebbero degnamente coronato la giornata, magari con l'aiuto di una porzione di crème brulée, vera delizia dolciaria del locale che lo avrebbe accolto, sotto le sue travi di legno scuro e con la sua atmosfera rumorosamente raccolta, di lì ad un paio di ore al massimo.

Dall'interno della sala una piacente ragazza si affacciò

per annunciare, con la caratteristica inflessione locale, che la conferenza stava per avere inizio. Tutti erano invitati a prendere posto e a scaldare le mani per l'applauso di benvenuto al relatore. Al termine dell'evento sarebbe stato offerto un piccolo rinfresco, che Bezzi immaginò, e sperò, a base di cetriolini aromatizzati, speck di media stagionatura e, volendo ottimisticamente forzare la morigeratezza montanara, qualche tocco di formaggio fienato. Sul vino preferì non crearsi aspettative di sorta.

La platea si rivelò uno spazio di notevole, e forse esagerata, ampiezza, con numerose file di poltrone destinate, almeno per quella sera, a rimanere in gran parte vuote. Assecondando un implicito principio di occasionale ed estemporanea sodalità, prese anche lui posto in prima fila, nel mezzo della breve schiera di spettatori. Constatò, senza dispiacersene più di tanto, di essere l'unica persona sola del gruppo: alla sua destra e alla sua sinistra, un brusio di voci basse e timide scandiva i residui dell'attesa. Trascorsa un'abbondante quindicina di minuti, l'hostess dell'evento manifestò nuovamente la sua gradevole presenza comparendo direttamente sul palcoscenico.

Con la medesima inflessione, irrigidita da una lieve apprensione per il ritardo ormai palese, si scusò a nome del professor Mela che, proprio alcuni istanti prima di prendere posto sulla comoda poltrona che gli era stata apparecchiata e che se ne rimaneva desolata al centro della ribalta, aveva ricevuto una chiamata urgente e si era dovuto allontanare.

Cercando di immaginare quale connotazione potesse avere il termine urgenza in quel ritaglio perfetto e atemporale dell'orbe, Bezzi decise a sua volta di allontanarsi dalla sua poltroncina, spinto, lui sì con urgenza, da un impulso fisiologico che a questo punto non era più necessario procrastinare.

Calcando con delicatezza il pavimento di parquet, raggiunse la florida fanciulla e le domandò garbatamente dove potesse trovare la toilette.

Mentre ne ascoltava le scrupolose indicazioni, lasciò che le sue narici si riempissero del profumo della ragazza. Una fragranza che gli risultò quanto mai familiare e che accese con la violenza di un lampo il ricordo di una giovane donna distesa sulla sabbia[1].

La porta dei bagni riservati agli uomini si aprì con un fruscio dimesso, senza opporre alcuna resistenza nonostante lo spessore massiccio, e si richiuse con uno scatto appena percettibile. Per un attimo il locale rimase al buio, prima che una cellula fotoelettrica comandasse alle luci del soffitto di accendersi. Al ticchettio degli interruttori si sovrappose un rumore più secco, per quanto lieve, seguito da quello di un breve sfregamento, che Bezzi non ebbe esitazione ad attribuire a qualche occupante di una delle cinque cabine che si succedevano alla sua destra, di fronte ad una fila di lavandini immacolati.

Poi tornò il silenzio.

Camminando con timida circospezione, quasi non volesse recare disturbo, scelse una postazione a caso: risultavano tutte libere tranne una, sulla cui maniglia spiccava una lunetta rossa. Dalla fessura sotto la porta trapelò, senza produrre alcun rumore, un soffio di aria fredda.

Quando ebbe terminato, si avvicinò al pianale dei lavabi e lo vide: un cellulare abbandonato vicino al dispensatore del sapone. Un oggetto dimenticato per la fretta o per disattenzione, come spesso accade e come spesso era capitato anche a lui.

Eppure qualcosa non tornava, rifletté mentre si risciacquava spargendo minute gocce d'acqua dentro e fuori il lavandino, sotto un getto eccessivamente impetuoso comandato anch'esso da una fotocellula.

---

1   Vedi la precedente avventura del commissario Bezzi, *Belli da morire*.

Quando affondò le mani nella bocca dell'asciugatore elettrico, comprese finalmente cosa non quadrava, o, meglio, cosa mancava.

Le gocce di acqua: non ve ne era alcuna all'infuori di quelle appena prodotte da lui. In realtà non ci sarebbe stato nulla di strano o insolito supponendo di essere stato il primo e l'unico ad utilizzare la toilette. Ma c'era quel cellulare a complicare notevolmente l'ipotesi. Qualcuno doveva averlo appoggiato sul pianale, ma non aveva fatto uso dei lavandini.

Qualcuno entrato nei bagni per scopi ben diversi da quelli a cui erano destinati.

Qualcuno che aveva bisogno di privacy per la sua chiamata, probabilmente.

Ma poi aveva abbandonato il cellulare...

Non quadrava ancora.

Si voltò a guardare la porta chiusa. Dietro doveva trovarcisi un occupante silenzioso: non si sentiva alcun rumore.

Si avvicinò e percepì nuovamente l'aria fredda filtrare da sotto la porta. La cabina doveva essere gelata.

Ora cominciava ad avere le idee più chiare e a formulare ipotesi più probabili, ma doveva trovare un modo accettabile per verificarle.

Entrò nella postazione adiacente, estrasse i guanti dalla tasca della giacca, montò sulla tazza del water e si sporse dal tramezzo divisorio.

Capitolo 2

Consapevole dei suoi deficit acrobatici, non del tutto scollegati dalle quarantanove primavere che stava per concludere, Bezzi si calò con estrema prudenza, e con qualche goffaggine, dal sottile pannello di legno scuro, prestando la massima attenzione a contaminare il meno possibile l'angusta scena del crimine, dal momento che, trovandosi abbondantemente fuori dalla sua giurisdizione, non aveva alcuna intenzione di finire al centro di una qualche accusa o anche di un semplice sospetto.

Che ci fosse da comprendere perché, allora, non si fosse limitato a compiere il minimo dovere civico di tornare nella sala di ingresso e comunicare il funesto presentimento che un cadavere si stesse attardando nelle impeccabili toilette del teatro, lo riconobbe come un dilemma socialmente rilevante, quanto del tutto ininfluente per sua lunga consuetudine professionale, addivenendo così al compromesso etico che si sarebbe soffermato solo lo stretto necessario per farsi un'idea.

O poco più.

Il professor Mela era stato, presumibilmente fino a pochi minuti prima, un uomo anziano, più probabilmente vecchio, a cui la montagna aveva inciso il volto asciugandone la pelle in una infinità di rughe disegnate dal sole, dal vento e dal freddo. Una massa corta, ma ancora densa e florida, di capelli bianchi terminava sulla fronte con una linea netta e alta, mettendone in evidenza il profilo diritto e la superficie ampia. Il naso era largo e piuttosto schiacciato, con le narici strette e ravvicinate. Non c'erano tracce di sangue, ma l'inclinazione eccessiva e scomposta del collo verso la spalla sinistra lasciavano pochi dubbi sul fatto che gli fosse stato spezzato.

Stava seduto sopra la tazza del water con le membra compostamente abbandonate, accomodato in una postura che aveva evitato al cadavere di scivolare o cadere, palesando così la sua presenza.

Sopra il pulsante dello sciacquone si trovava una finestra di piccole dimensioni, aperta, dalla quale si riversava il gelo della sera.

Gli risultò difficile pensare che un energumeno dalle dimensioni e dalla forza sufficiente a spezzare un osso del collo a mano nuda potesse essere agevolmente passato attraverso l'angusto pertugio di areazione. Probabilmente l'assassino aveva fatto uso di un'arma o di un oggetto.

Tecniche segrete di qualche disciplina esoterica di combattimento erano tendenzialmente da escludersi in luoghi ad elevato tasso bucolico come la valle in cui l'esperto di paleo enologia era appena stato assassinato.

Si sporse e constatò che non vi erano impronte di scarpe sul piccolo davanzale: l'omicida doveva aver spiccato un balzo ed essersi sollevato a braccia fuori dalla finestra senza produrre quasi alcun rumore, se non i due lievi che aveva udito poco prima. Una persona agile, decisa, scattante.

A parte la discontinuità nella colonna vertebrale, il cadavere non presentava altro di interessante. Bezzi consultò l'orologio: erano già trascorsi alcuni minuti da quando aveva lasciato la sala. Le probabilità che qualcun altro entrasse nei bagni, per farne uso o per cercare l'illustre docente, andavano crescendo ad ogni istante.

Con qualche fatica ed un buon numero di imprecazioni riuscì a sollevarsi nuovamente sul tramezzo senza spargere attorno neppure una pedata dei suoi pesanti scarponi da trekking. Continuando a indossare i guanti, si avvicinò al cellulare per verificare se fosse acceso. Ebbe fortuna, ma non quanta ne avrebbe desiderata: non vi erano chiamate recenti, né in entrata né in uscita. Rovistare nella rubrica della vittima avrebbe richiesto troppo tempo; provò a controllare i messaggi ricevuti, ma la casella risultò essere completamente vuota. Il telefono era di un modello molto vecchio, senza connessione internet e senza applicazioni social di alcun tipo. Solo l'essenziale: la voce e il testo. Compreso, molto plausibilmente, quello dell'assassino, che era andato perso nell'aria gelida. Doveva infatti essere stato un messaggio a condurlo lì e non una chiamata. Imprecò educatamente, in tono basso.

Tentò allora un'estrema, parziale, mossa e trascrisse sul suo cellulare gli ultimi cinque numeri in chiaro presenti nel registro delle chiamate. Si stava accingendo a copiare il sesto quando udì dei passi frettolosi avvicinarsi alle toilette. Velocemente, impostò il display del cellulare sulla schermata iniziale, lo depose nel punto esatto in cui lo aveva trovato, si sfilò i guanti e se li cacciò in tasca.

All'ultimo i passi deviarono verso il locale destinato alle signore, ma Bezzi decise comunque di desistere dalla sua attività di copista, ritenendo il destino un'entità da non sfidare un numero eccessivo di volte.

E poi, tutto sommato, il caso non sarebbe mai stato il suo...

Indossando nuovamente i panni meno impacciati dello spettatore, fece ritorno al suo posto e vi posò la giacca.

La hostess era ancora sul palco, dove stava intrattenendo una coppia sulla quarantina interessata ad apprendere quali paesi nei dintorni fossero dotati di piscina, ovviamente coperta, e, preferibilmente, anche di sauna (dovendosi ipotizzare la compresenza di una grotta di sale come un'inaspettata ciliegina sulla torta).

Il commissario le si affiancò, attendendo pazientemente la fine del cortese scambio di informazioni.

- tutto bene signore? È riuscito a trovare la toilette? -
- sì, l'ho trovata. Ma c'è un problema. Piuttosto urgente e decisamente grave -

- non capisco... - rispose inizialmente perplessa, riappropriandosi però subito dopo del suo candido sorriso - come posso esserle utile?-
- deve fare un annuncio -
- prego? - il sorriso si era nuovamente affossato
- deve comunicare a tutti che, per cause impreviste, la conferenza è stata annullata. Aggiunga pure le scuse da parte degli organizzatori, ma non quelle del professor Mela: non è in grado di porgerle -
- guardi, non ho idea di cosa stia dicendo. La pregherei di tornare al suo posto e... -
- non mi è possibile farlo. Sono io a pregarla: faccia quello che le ho detto prima che la situazione si complichi ulteriormente. E le assicuro che è già tutt'altro che semplice -
- ma lei chi è? - gli domandò mentre afferrava un piccolo walkie talkie con il quale stava per chiamare qualcuno che potesse aiutarla con quello strano individuo e le sue velleitarie e singolari richieste.
- in questo momento sono un turista, ma per vivere faccio il commissario di Polizia, mestiere che ha a che fare con una gamma quanto mai varia di reati, compreso l'omicidio. Se le può tornare utile per una migliore comprensione del contesto, non sono il tipo di persona a cui piace avanzare richieste invano. Quindi, prima che mi veda costretto a provvederevi io, la esorterei, per la terza volta, ad eseguire l'istruzione che le ho appena impartito -
L'indice della ragazza si scostò dal pulsante della trasmittente.
- d'accordo -
- bene -
- c'è altro che devo dire? -
- sì: che sono tutti invitati a rimanere al proprio posto. Ringraziando ovviamente in anticipo per la collaborazione, la disponibilità, eccetera eccetera -
- lei non torna a sedersi? -

- no, io torno nella hall: urge chiamare la polizia. E un'ambulanza -

Anche se sarebbe più appropriato un carro funebre, aggiunse fra sé.

Il letargico mormorio del torrente venne sovrastato dal lamento acuto delle sirene. Il suono saliva rapido nell'oscurità, crescendo dalla parte della strada che scendeva verso meridione e ampliandosi come se rimbalzasse contro le fila dei monti nascoste nella sera. Davanti all'ingresso del teatro inchiodarono una volante sporca di polvere ed un'ambulanza. Bezzi uscì dal portone incontro ad un freddo feroce e si piantò davanti ad uno degli agenti.

- buonasera -
- buonasera -
- sono stato io a chiamarvi -
- la ringraziamo -
- tutti gli ospiti della serata si trovano nella sala -
- bene. Ancora grazie, se adesso... -
- fate bene ad avere fretta. Ne avrei anche io -
- ecco appunto... -

Il commissario represse con un titanico sforzo di benevolenza la perturbazione che stava per abbattersi sulle sue facoltà nervose. Evidentemente, a quelle latitudini e altitudini, doveva risultare piuttosto usuale non concedere la minima considerazione ad un volenteroso e competente collega, per quanto non in servizio e, forse ancora più significativamente, non del posto. Provò allora a sollecitare l'interesse dello sbrigativo agente in modo più esplicito

- come vi ho detto al telefono, sono stato io a trovare il cadavere -
- sì. La collega che ha risposto alla chiamata mi ha riferito tutto con precisione. Sappiamo che si è insospettito per via del cellulare abbandonato e che ha deciso allora di sporgersi dal bagno adiacente e che ha visto il corpo. Molte grazie. Ora si faccia da parte e vada a raggiungere

gli altri partecipanti. Rimarrà a disposizione fino a quando non le daremo il permesso di andarsene -
Non vi era il minimo spazio di manovra e non restava che obbedire per non rischiare di essere arrestato. Con rabbiosa rassegnazione si avviò lungo la hall e raggiunse il suo posto.

Attorno al palco fremeva una certa, nervosa, agitazione. La postazione riservata al professor Mela, sicuramente più confortevole di quella su cui le sue spoglie mortali stavano ora eternamente riposando, era stata occupata dalla hostess, la quale, walkie talkie alla mano, era impegnata, o forse fingeva di esserlo, in qualche conversazione. D'appresso le incombeva la risicata folla di spettatori che, evidentemente ancora ignari dell'accaduto, iniziavano a mal tollerare le limitazioni imposte alla loro libertà di movimento. Uno di questi, particolarmente incline ai movimenti scattanti ed imprevedibili, si voltò d'improvviso e scorse Bezzi collericamente seduto sulla poltrona a fianco di quella in cui giaceva il suo pesante loden corredato di una anacronistica mantellina. Senza esitazione alcuna abbandonò il piccolo gruppetto e si piantò davanti al commissario.

- lei doveva essere qui con noi! -
- ha ragione; e probabilmente avrei fatto meglio a non muovermi -
- perché le è stato permesso di allontanarsi? -
- per raggiungere la toilette. Ma non le consiglio di andarci adesso - l'uomo gli lanciò uno sguardo interrogativo - pare rimarrà inagibile per un bel pezzo -

Un paio di ore dopo, il compianto paleoenologo venne trasportato fuori dai bagni e fatto accomodare in una capiente cassa di acciaio, poiché, nel frattempo, era sopraggiunta anche la polizia mortuaria, nonché quella scientifica e il commissario del distaccamento più vicino. Un uomo massiccio e rubizzo, con una barba piuttosto folta ed incolta e con l'inusuale cognome, almeno per la poco allenata sensibilità onomastica di Bezzi, di Volcan. Gli si era fatto incontro un agente con il quale aveva scambiato alcune incomprensibili frasi nel dialetto del posto. Insieme si erano avviati verso la scena del crimine (o come accidenti la avevano denominata nel loro ermetico vernacolo), seguiti dagli specialisti della medesima, i quali si erano subito messi all'opera attorno al cadavere.

Bezzi aveva osservato il corteo e udito le arcane parole dalla soglia della sala presso la quale si era appostato, contravvenendo, ma solo parzialmente, alle disposizioni impartitegli poco prima.

Il livello di agitazione che sembrava affliggere le forze dell'ordine gli aveva fornito una misura precisa di quanto un evento come quello appena accaduto dovesse essere raro e abnorme per quei luoghi, estraneo, almeno apparentemente, al codice genetico di quella comunità.

Fatto sta che un esemplare aberrante di quest'ultima, a meno di non ipotizzare l'operato di qualche collega di Irene,[1] aveva irrimediabilmente scomposto l'osso del collo del professor Mela. A questa inespugnabile evidenza, tanto per non rendere la faccenda troppo semplice, faceva poi da contraltare un primo dilemma: come aveva fatto l'assassino ad entrare nei bagni?

Escludendo ogni possibile coinvolgimento di qualcuno del pubblico, di cui nessuno, oltre a Bezzi, si era recato alla toilette, rimanevano due sole ipotesi sull'identità dell'assassino: qualcuno fra il personale del teatro, oppure qualcuno proveniente dall'esterno. La prima delle due appariva decisamente meno probabile: a parte l'hostess dal profumo fatale e un addetto alla biglietteria dal fisico asfittico, non aveva notato nessun'altra presenza annoverabile fra i dipendenti della gloriosa istituzione culturale e, tanto sulla corporatura quanto sulla forza fisica di

---

1   Vedi nota al capitolo precedente

entrambi, nutriva grosse riserve.

Meglio concentrarsi sulla seconda ipotesi allora, la quale lo portava però immediatamente al dilemma individuato alcuni istanti prima, nonché ad una conclusione perfettamente sensata: doveva tornare sulla scena del crimine ed esaminarla con maggiore attenzione. Ovviamente non subito e neppure presto, perché, al momento, le toilette risultavano piuttosto affollate.

Preparandosi dunque ad un nuovo confronto con la pubblica autorità locale, si era avviato verso la hall come un bambino poco incline alla disciplina e all'obbedienza.

Capitolo 3

I rilievi della polizia scientifica si protrassero per diverso tempo, conformemente alla lenta meticolosità che Bezzi immaginava sistematica in ogni abitante di quei luoghi e, forse, dell'intera area geografica in cui si trovava. La montagna e il suo ambiente, i boschi con l'erba giallastra, le rocce nude, le cime attaccate al cielo, promanavano una parvenza di immutabilità distesa sullo sfondo di ogni cosa; una presenza al confine fra gli occhi e l'anima che dettava un modo e una cadenza semplice e severa all'esistenza dei suoi ospiti, perpetratisi in quelle valli da chissà quante generazioni, mentre la storia degli eventi scorreva in sottofondo come il torrente, solo meno sonora e del tutto estranea a quei luoghi.

Infine, il volto del commissario Volcan sbucò nella hall, stanco e frastornato. Mela aveva fatto una fine indegna del suo destino, lasciava intendere il suo sguardo.

Bezzi attese finché non venne a trovarsi a pochi metri da lui

- buongiorno - si presentò porgendogli la mano - mi chiamo Fulvio Bezzi. Sono un commissario di Polizia. Sono qui per una breve vacanza. Ho trovato io il corpo -

Scelse le parole misurandole con cura. Solo quelle indispensabili, dirette e concrete.

- Riccardo Volcan - rispose stringendogli la mano con vigore e ritraendola subito dopo - mi hanno riferito. Grazie per la collaborazione -

Si aspettava che avrebbe concluso con un lapidario "è tutto", mentre invece proseguì

- ha notato qualcosa di particolare? -

- beh, c'è sicuramente almeno un punto... -

- allora passi domani mattina al presidio di Polizia. Si trova di fronte al Municipio -

- ho presente -

- io vengo dalla questura di Trento, ma per qualche tempo resterò qui, almeno fino a quando l'indagine non sarà ben avviata -

- non mancherò. Sarò da lei sul presto, se non è un problema -

- per nulla. Venga quando vuole -

Si osservarono per qualche istante.

- è libero di andarsene. Ora la saluto: devo parlare con gli altri spettatori. Può darsi che qualcuno abbia visto o sentito qualcosa -

Avrebbe voluto replicargli, o meglio suggerirgli, che avrebbe solo perso tempo, ma desistette: ogni indagine contempla procedure e formalità che non possono essere trascurate. Anche quando non servono a nulla.

Il freddo gli saltò addosso non appena ebbe aperto la porta del teatro. L'aria era limpida e ogni cosa sembrava più vicina, persino le stelle che avevano invaso il cielo e la luna, appesa alla notte come un immobile faro siderale. Era tardi e buona parte dell'appetito gli era ormai passata, sostituita dal desiderio di spiluccare qualcosa accompagnandola con un vino intenso ma non troppo solido. Con i desideri enogastronomici mutò anche la destinazione scelta per soddisfarli. Camminando di buon passo percorse un tratto del lungofiume. Nello spazio ampio che si apriva tutt'intorno, il vento sferzava con meno convinzione, disperdendosi in parte lungo il corso d'acqua e i suoi argini ed addomesticando il gelo ad una maggiore tollerabilità.

Arrivato in prossimità del piccolo ponte centrale, poco prima che la piazza principale si aprisse con la sua fontana di acqua gelata e il suo pavimento di ciottoli bruni disposti ad arco, Bezzi svoltò verso destra, infilandosi in un vicolo poco illuminato e odorante di fieno fragrante. Alla sua sinistra sorgeva un edificio di legno dalle cui aperture senza finestra sporgevano leggermente alcune balle di forma cubica, disposte con cura. Il viottolo sfociava in una via di poco più larga, sulla quale si affacciavano alcune case tradizionali, i cui scuri erano già stati serrati da un pezzo e dalle quali non trapelava un suono né un rumore. Sul lato opposto, addossata alla montagna, una massicciata regolare scandiva il percorso, interrotta ogni tanto da qualche risicato spiazzo, terroso e chiazzato di escrementi di pollame.

Dopo aver percorso un breve tratto in salita, raggiunse finalmente la meta: un'enoteca piuttosto angusta e disposta su due piani, che chiudeva un piccolo slargo sul quale affacciavano anche un negozio di giocattoli in legno e una salumeria, dalla cui vetrina illuminata pendevano imponenti forme di speck, alternate ad agili cascate di salami aromatizzati e würstel.

Si arrestò un istante per saziare gli occhi e poi spinse la porta del locale che si aprì con un tintinnio brioso e solenne di campanelli.

- buona sera, faccio in tempo a consumare qualcosa? -

- ma certo, si accomodi - gli rispose una donna imponente e corpulenta. Sopra un maglione di lana color bordeaux indossava un grembiule blu scuro, con cinghie sottili e lungo quasi fino ai piedi.

Non notò segni, nei gesti e nei modi, che rivelassero una qualche apprensione o agitazione. La notizia della delittuosa dipartita non doveva ancora essersi diffusa fuori dalle mura del teatro a perturbare come il vento le anime del paese.

Si sedette su una panca di legno chiaro, imbottita con una stoffa rossa un po' polverosa ma perfettamente pulita.

Sul tavolo massiccio e sguarnito si trovavano solo il menù e la carta dei vini. Senza esitazione scelse una bottiglia di Gewürztraminer vendemmia tardiva e una selezione di formaggi locali che, con qualche cortese contrattazione, riuscì a far comporre secondo la sua personale scelta.

A parte, si fece portare un piccolo tagliere di speck e cetriolini aromatizzati, che avrebbe gustato prima di dedicarsi ai manufatti caseari, così da predisporre al meglio il suo esigente palato. Un cestino di carta ricolmo di schüttelbrot completava l'apparecchiatura e compiva gloriosamente il trittico alimentare.

- gradisce qualche composta in particolare? -
- nessuna, grazie: non vorrei che i formaggi si offendessero -

La donna abbozzò un sorriso poco convinto e gli augurò buon appetito. Aveva un odore intenso ma non sgradevole: di fumo di camino e di intimità quotidiana.

Lenta e silenziosa scomparve oltre la porta della cucina.

Nel locale c'era solo il commissario. Una anonima musica di sottofondo si diffondeva dai piccoli altoparlanti nascosti dietro le travi del soffitto. La notte procedeva a piccoli passi fuori dalle finestre spesse, rese lattiginose dal freddo.

A una a una le fette di formaggio scomparvero tutte e sul tavolo rimase solo la bottiglia di vino, ancora piena per un buon terzo. La quantità perfetta per accompagnare un dolce. Entrando aveva notato alcune fette di strudel occhieggiare come naufraghe dalla vetrina del bancone. Sperando che fossero ancora fresche ne ordinò una, che gli venne servita, calda, con a fianco una pallina di gelato alla vaniglia.

- spero lo trovi di suo gradimento -
- ottimo. Davvero - confermò il commissario affondando la forchetta nell'impasto morbido e compatto. Il profumo della cannella gli riempì delicatamente il palato, preparando la strada a quello allusivo della mela.

Il vino non avrebbe potuto abbinarsi meglio, anche se lo aveva scelto per destinarlo ad altri connubi altrettanto sopraffini.

La cameriera lo stava osservando, divertita dalla sua espressione di profana beatitudine. In lontananza, dentro l'oscurità, il campanile della chiesa batté le dieci.

Si sentì sopraffare dalla stanchezza e dal desiderio di tornare nell'appartamento che aveva preso in affitto, per infilarsi nel comodo letto matrimoniale e avvolgersi nella pesante trapunta di stoffa marrone.

Tuttavia, l'idea di abbandonare nella bottiglia quanto ancora rimaneva di quel delizioso nettare di vigna, gli risultava quanto mai inconciliabile con i suoi più profondi e radicati principi etici. Optò allora per una possibile soluzione conviviale.

- le piace questo vino? - domandò gioviale alla donna che lo squadrò con uno sguardo professionale
- personalmente preferisco bianchi meno strutturati e più semplici, come il Nosiola; ma ogni tanto non mi dispiace bere anche questo, specialmente in inverno, quando mi capita di abbinarlo con la salsiccia di fegato. Se la prossima volta vuol provare anche lei... -
- adesso siamo in inverno a quanto mi risulta -
- sì, ma, vede: la cucina ha già chiuso... -
- non si preoccupi: non intendevo approfittare ancora del cuoco -
- ah, ecco -
- volevo invece invitarla a farmi compagnia. A occhio direi che ne rimangono giusto due calici - stimò osservando la bottiglia dal profilo slanciato e dall'alto collo - le va? -
Prima di rispondergli lanciò un'occhiata alla cucina, dove una giovane ragazza aveva appena iniziato le pulizie di fine giornata.
- d'accordo - prese un bicchiere dal bancone e si sedette di fronte al commissario.
- è qui da molto? -
- qualche giorno -
- dove alloggia? -
Glielo disse.
- ho presente. È un bel condominio, anche se ormai comincia ad avere qualche anno -

- le assicuro che sembra molto più nuovo di tanti condomini più giovani -
- qui curiamo molto le nostre cose -
- me ne sono accorto -
- le piace? -
- cosa, la cura che prodigate in ogni dettaglio? -
- no, intendevo dire se le piace qui -
- sì. È un posto bellissimo. Quasi surreale -
A parte qualche morto ammazzato molto tangibile e concreto, avrebbe voluto aggiungere.
- è venuto per sciare? -
- no -
- davvero? -
- le sembra strano? -
- un po' sì. D'inverno vengono quasi tutti per sciare. E lei mi sembra abbia un fisico atletico -
- la ringrazio. Forse ha ragione, riguardo al mio fisico. Ma il merito non è degli sci -
- e di cosa allora? -
- della mia bicicletta. L'ho portata con me da Milano e le sto facendo percorrere le vostre faticosissime strade -
- un vero ciclista! -
- un dilettante dotato di buona volontà direi -
- alle sue escursioni allora - gli propose allungando il calice verso quello di Bezzi.
Per qualche minuto rimasero in silenzio, sorbendo con concentrazione il Gewürztraminer.
- è la prima volta che viene qui?-
- devo confessare di sì. Avessi immaginato prima tutta questa bellezza... -
- non è un appassionato di montagna allora -
- non proprio. Diciamo che la conosco poco, la montagna in generale -
- be', quello che ha visto e che vedrà in questi giorni non aggiungerà molto a quello che già sa -
- cosa intende dire?-

- nel periodo delle festività, come in quello delle vacanze estive, tutti i paesi della valle si riempiono e si animano di gente che viene da fuori, come lei. Italiani, stranieri, fa poca differenza: vi assomigliate un po' tutti. Vi ammassate sulle piste da sci o sui sentieri delle escursioni. Rimanete qualche giorno, al più qualche settimana, e poi scomparite lungo la statale che vi porta all'autostrada e di lì alla vostra vera vita -

A Bezzi venne in mente il paese sulla Riviera dove aveva trascorso diversi anni della sua vita privata e professionale. Le spiagge vuote, deserte di tutto, fuorché di sabbia, da ottobre ad aprile, quando i primi visitatori si affacciavano sul lungo mare per le vacanze di Pasqua, portando un po' di tepore umano nell'acqua pigra. E poi la vampa di folla e calore dei mesi estivi, breve come un falò nella distesa della notte; l'autunno già alle porte del calendario.

- credo di capire cosa intende dire -

- allora non le sarà difficile immaginare come la nostra vita sia diversa per buona parte dell'anno -

- noiosa? -

- non dico questo. Ma certamente più... simile a questi luoghi. Le montagne sono innanzitutto silenzio. O quantomeno silenzio delle vostre voci e forse anche delle nostre -

- è una questione di rispetto? -

- anche, ma non solo. Si tratta di ascoltare. Pochissimi turisti lo sanno fare. E pure quelli che hanno comprato qui una seconda casa e che si illudono di essere diventati un po' del posto, in realtà non fanno che consumare e poi andarsene -

- leggono il menù, scelgono, mangiano e prendono la porta. Ma dalle cucine non passano mai -

- esattamente. Perché non saprebbero neppure come accendere i fornelli -

- e voi, cosa fate quando non ci siamo noi forestieri a infastidirvi, nonché a riempirvi di soldi le casse? -

La donna gli sorrise scostandosi una ciocca di capelli spessi dalla fronte.

- ha ragione lei: abbiamo ben poco da lamentarci di voi. Il turismo mantiene una buona parte di noi. Senza... avremmo certo prospettive meno rosee -

Si prese una pausa prima di proseguire, sorbendo un piccolo sorso di vino.

- cosa facciamo qui nei mesi morti, come li chiamiamo noi? Molti hanno un lavoro durante tutto l'anno. Un lavoro come tanti al supermercato, nelle fattorie, nei negozi della vita di tutti i giorni. Altri lavorano lontano da qui, in città, soprattutto chi svolge qualche libera professione o chi è impiegato negli uffici. Chi ha i locali li sistema, li ristruttura, se ha abbastanza soldi, e poi se ne va in vacanza a sua volta. E anche per noi la montagna, anno dopo anno, si fa sempre più distante, come un ricordo che si affaccia ogni giorno alla nostra finestra, ma che non riusciamo più a distinguere bene come un tempo. Ma il silenzio, il rumore senza suono con cui parlano i monti, quello rimane dentro di noi come un seme: cresciamo e invecchiamo covandolo nell'animo e nel cuore. E per quanto lontano possa portarci la nostra vita quotidiana, sappiamo sempre riconoscere la voce che ascoltiamo da quando siamo nati -

- certo noi altri non abbiamo questa fortuna -

- purtroppo no. E la montagna non adotta figli. La nostra è una famiglia accogliente nei modi ma chiusa nello spirito. Nel bene o nel male -

Terminò il suo calice con un unico breve sorso e fece per alzarsi. Bezzi la imitò, estraendo al contempo il portafoglio dalla tasca

- la ringrazio per la piacevole chiacchierata -

- grazie a lei. Non mi capitano spesso queste conversazioni. Di solito mi chiedono solo delle piste da sci in questo periodo, o di qualche negozio -

- peccato: ci sarebbero tanti altri argomenti altrettanto

interessanti. Pensi che questa sera avrei voluto assistere ad una conferenza, qui presso il vostro teatro... -

- davvero? Mi deve perdonare ma non sono molto informata in proposito. Una conferenza su cosa? -

- sul vino. Su come voi del posto lo producevate molti secoli addietro -

- ah, ho presente! Il professor Mela. È lui l'esperto in materia -

- così in effetti era scritto sulla locandina. È un personaggio famoso a quanto mi pare di capire -

- forse definirlo famoso è un po' troppo, ma certo tutti noi lo conosciamo e lo stimiamo. Un grande appassionato di storia locale, soprattutto di quella che ha la vite come protagonista - ammiccò mentre gli porgeva la giacca, calda e pesante - ogni tanto viene qui a bere un calice di Teroldego che è uno dei suoi vini preferiti perché, come ripete sempre, è fra i più antichi della zona e di quelli che gli daranno le più grandi soddisfazioni. Un giorno o l'altro me lo farò raccontare meglio cosa intende, mentre diamo fondo a una bottiglia di riserva -

- senza fretta... -

- certo. Con calma e al momento giusto, come il buon vino -

Gli aprì la porta: una folata di gelo invase il vestibolo. La notte sibilava in ogni angolo.

- e perché poi non c'è andato alla conferenza? -

Faceva troppo freddo per dire la verità e troppo buio per renderla accettabile.

- sono tornato tardi dalla mia escursione -

- sarà per la prossima volta allora -

- se ci sarà. Buona notte -

- buona notte -

Si strinsero la mano. Poi Bezzi si incamminò contro il vento invernale e scomparve dalla vista.

Capitolo 4

Il giorno riempì a poco a poco la valle, scivolando sui versanti silenziosi fino alla piazza dove i bar erano già aperti per i primi, sonnacchiosi, sciatori. Bezzi occupava un tavolino d'angolo, defilato dal via vai quanto bastava a sorbire con la giusta concentrazione una tazza di cioccolata fondente, densa e fumante. Il vento aveva reso ancora più tersa l'aria e dalla vetrata del locale la luce entrava radente e solida. Socchiuse le palpebre aspirando la fragranza della bevanda che affrontò a sorsi lenti e precisi, per gustarne al meglio il sapore.

Quando ebbe terminato si era fatta l'ora di andare a trovare il commissario Volcan.

Lo trovò in piedi, dentro un piccolo ufficio luminoso e pulito. Stava guardando fuori dalla finestra che affacciava sulla strada statale.

- ogni volta che vedo tutto questo traffico - disse indicando la lenta carovana di automobili che transitava per il fondo valle - ringrazio di essere nato qui e non in una grande città. Già Trento, che è poca cosa in fondo, per me è troppo caotica, anche se mi tocca starci per via del mio ruolo e del mio grado -

- è una questione di abitudine -

- può darsi. Ma non fa per me. Sono venuto al mondo e sono cresciuto poco lontano da questo ufficio. La mia casa è questa. Il resto lo accetto ma non mi piace -

- troppo rumore? -

- troppo di tutto -

Si strinsero la mano

- prego, si accomodi -

- c'è solo una seggiola -

- io rimango volentieri in piedi -

Si udì un colpo di clacson e il rumore di un motore in accelerazione.

- mi spiace che il suo soggiorno sia stato funestato da un episodio tanto terribile -
- nessun problema. Come dicevo è una questione di abitudine. Vale per tutto -
- per me invece è un grande problema: da queste parti gli omicidi non sono certo frequenti. Il precedente risale a oltre venti anni fa -
- in circostanze analoghe? - gli domandò abbozzando un sorriso
- tutt'altro. È stato quasi più un incidente, anche se alla fine c'è scappato il morto -
- cosa è accaduto esattamente? -
- un litigio, su al passo, fra due pastori; scatenato dal cane di uno dei due che ha azzannato una mucca della mandria dell'altro. Ma sotto covavano vecchi odi e rancori mai sopiti. Pare c'entrasse la sorella dell'omicida. Si dice fosse stata sedotta e abbandonata dalla vittima qualche anno prima. Dovevano sposarsi ma poi non se ne era fatto più nulla perché quello si era messa con un'altra. La sua attuale vedova. Di più non sappiamo, dal momento che nessuno ne ha mai voluto parlare, né l'assassino, né sua sorella e neppure la vedova. Fatto sta che hanno iniziato a darsele di santa ragione quando il cane della vittima, forse aizzato da questo, ha piantato i suoi denti nella zampa della più bella Bruna Alpina dell'altro, che, a un certo punto, lo ha colpito con un bastone sulla tempia, mandandolo al tappeto. Il problema è che si trovavano su uno stretto sentiero in costa e quello, cadendo, è finito dritto sul pendio e ha iniziato a rotolare come un sasso fino a quanto non si è sfracellato l'osso del collo contro una roccia -
- chi ha trovato il corpo? -
- nessuno. Mi ci ha portato direttamente Luigi Felicetti: l'assassino. È sceso a valle ed è venuto a costituirsi. Allora

ero ancora di stanza qui. Appena entrato nel mio ufficio mi disse: "prima o poi sarebbe successo. O io o lui". E non aggiunse altra motivazione o spiegazione. Mi riferì cosa aveva fatto e mi condusse da quello che restava del suo rivale. Era estate e, nonostante fosse ormai sera quando raggiungemmo il posto, faceva ancora caldo. C'erano mosche e vespe dappertutto, peggio che su un mucchio di letame. A fianco del corpo trovammo Adelaide Felicetti: il fratello la aveva avvisata dell'accaduto e spedita a tenere lontane le bestie, casomai qualcuna fosse passata nelle vicinanze -

- certo quanto accaduto ieri è tutt'altra faccenda. Tutto premeditato ed organizzato con cura -

- non c'è dubbio, commissario -

- una trappola, di cui non si conosce il movente. Mi sbaglio? -

- no -

- ha ricavato qualche informazione utile dagli altri mancati spettatori o dal personale? -

- nulla di rilevante. Ma mi rimane pur sempre lei. Ieri mi ha accennato a qualcosa che non le tornava... -

- infatti. La mia perplessità è questa: escludendo, almeno per il momento, dai potenziali sospetti tanto il pubblico quanto il personale del teatro, vale a dire la hostess e l'addetto alla biglietteria, non capisco come abbia fatto l'assassino ad entrare inosservato prima nell'ingresso e poi nella toilette -

- ce lo stiamo domandando anche noi. C'è altro? -

Bezzi studiò il suo interlocutore che lo stava osservando dall'alto della sua stazione eretta. Decise di rimediare levandosi in piedi a sua volta.

- per cosa esattamente mi ha fatto venire qui, commissario Volcan? -

- per chiederle, senza dovermi vedere costretto a prendere provvedimenti in tal senso, di non immischiarsi in questa faccenda. Non è la sua indagine -

- non ne dubito. Sono qui in vacanza, non per lavoro. Volevo solo essere utile -
- lo è stato. Ora può godersi i giorni di ferie che le rimangono e lasciare a noi del posto le questioni del posto. Un omicidio sarà pur sempre un omicidio, ma riguarda questa comunità. Ed entro questa comunità ci tengo che resti. E sono molto determinato che così avvenga -
- inteso - replicò il commissario indossando la giacca ed avviandosi verso la porta
- ora va a sciare? Spero di non averle fatto fare tardi -
- non scio. Non sono qui per questo -
- per cosa allora? -
- non la riguarda: non ha pertinenza con l'indagine -
- buona giornata -
- altrettanto -

La voce del cruento decesso del professor Mela doveva infine essere giunta alle orecchie del paese. Non che ci fosse chissà quale trambusto o agitazione in giro; tutt'altro: regnava la solita quieta compostezza, ma il volto dei passanti aveva impressa una mestizia intima, famigliare, nelle fattezze ruvide segnate dal freddo. Gli occhi puntati in basso seguivano solenni la strada da percorrere verso la propria destinazione, appesantiti dalla fatica di doversi sollevare. D'altro canto, attorno al teatro correva il nastro della Polizia, anche se un cartello annunciava che, quella sera, si sarebbe tenuto comunque lo spettacolo in programma (l'esibizione di un cantante del tutto ignoto a Bezzi).
Alcuni agenti stavano trafficando all'interno, probabilmente per completare gli ultimi rilievi prima di riaprire la struttura al pubblico. A fianco della porta di ingresso, qualcuno aveva appoggiato un mazzo di fiori. Il foglio di cellofan che li avvolgeva scintillava immobile sotto il sole terso della tarda mattinata. Un nastro verde con una coccarda sobria lo teneva stretto ai larghi gambi di una

decina di lilium dello stesso colore. Il commissario fece per avvicinarsi, ma l'agente di piantone gli rivolse subito uno sguardo neutro e distaccato.

Sarebbe passato più tardi, verso sera, confondendosi fra gli spettatori che avrebbero assistito all'evento. Adesso erano diventate due le cose che voleva verificare con i suoi occhi, sperando che nessuno nel frattempo rimuovesse la seconda.

Poco prima, in un panificio adiacente la piazza, aveva acquistato due pani di segale ancora caldi di forno. Affrontando di buon passo la breve salita, raggiunse il suo appartamento, li imbottì entrambi con fette di speck e di formaggio fienato e li sistemò nello zaino, assieme a una borraccia di acqua fresca. Poi andò in camera e si cambiò, indossando una composizione un po' troppo policroma di capi tecnici. Infine afferrò il cellulare e svolse una rapida ricerca su internet.

Si poteva considerare fortunato: lo scorbutico commissario Volcan gli aveva suggerito la meta della sua pedalata quotidiana.

La strada si inerpicava a tornanti ripidi e faticosi lungo il fianco della montagna brulla. Sotto il sole Bezzi sudava copiosamente nonostante il freddo che andava aumentando con l'altitudine ad ogni ogni curva. Terminata la prima, lunga rampa, la stretta striscia di asfalto correva per un ampio tratto in lieve pendenza, affiancata da entrambi i lati da una fila di larici spogli alternati a cirmoli dalla chioma severa e scura. A tratti, sul lato destro, il paesaggio si apriva in una distesa di erba bruciata e rocce lucenti, che affioravano secondo un disegno casuale ed imperscrutabile. Ogni tanto piccoli sentieri sterrati tagliavano i prati per confluire in altri sentieri o per terminare davanti a costruzioni di legno adibite a stalle, punti di sosta e ristoro, casupole per macchinari ed attrezzi. Altre volte finivano semplicemente nel nulla, ai piedi delle montagne che chiudevano l'orizzonte per riaprirlo nel cielo, alto, immobile e senza nuvole. Proseguì per una decina di chilometri, seguendo l'andamento pigro della strada. La bicicletta sfrecciava rapida grazie alla brezza che spirava alle spalle, superata ogni tanto da qualche auto rumorosa.

Poi la salita riprese a farsi sentire, puntando diritta verso il passo per l'ultimo tratto di intensa fatica prima di scavallare il versante. Ansimando per lo sforzo prolungato, guadagnò infine l'ampio parcheggio che si apriva anch'esso sul lato destro della strada. Smontò dalla bicicletta, che, fra lo stupore un po' ottuso di quanti stavano scendendo dall'auto per raggiungere l'antistante comprensorio sciistico, legò ad un albero con una esile catena e si incamminò verso il sentiero che serpeggiava lungo le pendici della montagna. Dopo qualche centinaia di metri raggiunse una chiesetta di pietra grigia, con il tetto di lastre disposte con estrema regolarità sullo spiovente acuto del tetto. Un piccola panca, anche questa di pietra, era addossata a uno dei muri laterali dell'edificio, orientato a sud.

Il commissario prese posto sulla dura seduta intiepidita dal sole e chiuse gli occhi fino a quando la sua respirazione non ebbe recuperato una frequenza normale. Sentiva caldo, per la fatica e per la violenza dei raggi solari a quella altitudine che superava di poco i duemila metri. Estrasse il cellulare e lo consultò: c'era abbastanza campo per poter verificare di essere sulla strada giusta. Nonché per constatare che la temperatura era di -3°. Prima di cominciare a sentire freddo, estrasse uno a uno i panini, consumandoli con voracità e determinazione. Bevve qualche sorso di acqua gelata dalla borraccia e si rimise in cammino.

Non c'era ghiaccio per terra, ma per prudenza aveva riposto le scarpe da ciclista nello zaino cambiandole con degli scarponcini da trekking. L'aria emanava un odore di letame stantio e di erba fangosa. In lontananza, un piccolo assembramento di mucche se ne stava disteso sotto il mezzogiorno, brucando con poca convinzione quel poco che c'era da brucare. A metà costa si intravvedeva una costruzione di legno, affiancata da una struttura in muratura lunga e bassa, dotata di una serie di aperture rettangolari poco sotto il tetto di mattoni di color rosso bruno, come l'ampio cancello spalancato su uno spiazzo terroso e deserto.

Un aereo attraversò il cielo senza far rumore.

La casa sembrava deserta, nonostante la porta fosse semplicemente accostata. Provò a bussare ma non ottenne alcuna risposta se non uno scricchiolio proveniente da qualche recesso dell'edificio. Si sporse nel vestibolo immerso nella penombra e provò nuovamente ad annunciarsi.

- è permesso? -

Il ticchettio di una vecchia sveglia accampata su un'alta stufa di maiolica costituiva l'unico intermezzo di quel silenzio. Le pareti dell'apparecchio erano calde e la temperatura gradevole anche se un po' rigida.

Non era lecito trattenersi oltre. Si voltò e fece per prendere la porta

- chi è? -

Una voce matura di donna risuonò in cima alla stretta scala che conduceva al piano superiore.

- chi è? - ripeté con tono scorbutico.

- buongiorno, mi chiamo Fulvio Bezzi -

- non la conosco. Cosa vuole? -

Si sporse dal corrimano ma non riuscì a scorgere altro che un paio di scarponi sporchi e consunti.

- ho visto che ha una stalla e mi chiedevo se potesse vendermi del latte -

- non vendo al dettaglio -

I gradini presero a scricchiolare lentamente, uno dopo l'altro, fino a quando la donna non venne a trovarsi di fronte a lui, intabarrata in un pesante mantello di pelle.

- voleva altro? -

Aveva addosso un odore intenso, selvatico come i suoi modi. I capelli erano spettinati e di un nero scurissimo. Nonostante la pelle segnata dal sole e dal freddo, l'aspetto era quello di una persona sui quarant'anni, ancora nel pieno vigore della giovinezza che doveva aver lasciato da non molto alle spalle.

- possiede tante mucche? -

Si maledisse per non aver pensato ad una domanda meno stupida.

- quelle che ha visto qua fuori. Stavo andando a riportarle in stalla, prima che il sole cominci a scendere e venga troppo freddo -

Lo stava fissando. Gli occhi erano di un nocciola intenso, luminoso e inquieto.

Afferrò un bastone spesso e nodoso da un angolo tra la stufa e la parete e lo invitò a uscire indicando la porta.

Lo salutò con uno sbrigativo "arrivederci" e gli volse le spalle.

Alcuni muggiti iniziarono a levarsi nell'aria tersa. Il vento soffiava in direzione della casa.

Non c'era molto altro da aggiungere.

- arrivederci signora Felicetti -

O forse sì.

- come conosce il mio nome? -

- l'ho letto sull'elenco telefonico -

- lei non è di qui -

- no di certo -

- e allora come fa a sapere di me? -

- perché, quelli del posto la conoscono? -

- mi risponda! -

Il bastone si sollevò puntando il cielo.

- mi voglia scusare. Non era mia intenzione farla arrabbiare. Né importunarla -

- ne è proprio sicuro? -

- in un certo senso sì - le rispose abbassando lo sguardo

- a me sembra proprio il contrario. Mi risponda, allora, se non vuole che mi arrabbi ancora di più -
- ho saputo di quello che è accaduto tanti anni fa -
- chi glielo ha detto? Perché la interessa? -
- l'ho saputo e basta -
- se ne vada! -
- d'accordo: l'ho saputo per caso -
- come?! -
- ha sentito del professor Mela? -
- no. Lo conosco però e ogni tanto passa da queste parti. Ma adesso cosa centra lui? Cosa è successo? -
- è successo che è stato assassinato -
- oddio! -
- e ora le spiego come ciò abbia fatto sì che io sia venuto a sapere di lei -

Le raccontò dell'incontro con Volcan.

- il commissario è un brav'uomo. Ha fatto solo quello che doveva, dopo che mio fratello lo ha condotto dove era finito quell'altro -
- aveva un nome "quell'altro"? -
- sì, lo aveva. Ma perché la incuriosisce tanto questa vicenda? -
- per abitudine: sono un commissario anche io, per quanto mi trovi qui in vacanza -
- è una storia così vecchia... -
- non voglio insistere, se non le va di parlarne -
- forse invece mi va. Non parlo quasi mai con nessuno -
- la ascolto allora -
- si chiamava Augusto Zanoner. Eravamo giovani allora; io, mio fratello, lui... -
Si voltò nuovamente in direzione delle mucche.
- devo riportarle dentro. Tra poco il sole comincerà a calare -
- posso venire con lei, se le fa piacere -

- d'accordo. Stia attento: per terra c'è letame ovunque -
- vorrà dire che mi pulirò le suole -
Le bestie avevano smesso di brucare e, obbedienti ai comandi della donna, procedevano indolenti lungo la china, oscillando pigramente la coda. Non vi era neppure un toro.
- come fa a farle riprodurre? -
- con l'inseminazione artificiale. Una volta all'anno viene il veterinario e ci pensa lui. Di solito all'inizio della primavera. Non ho tante fattrici e faccio figliare solo loro perché non posso permettermi di tenere troppi capi. Non ho spazio a sufficienza e non voglio allargarmi -
- ne parla mai con suo fratello? Intendo dire dell'allevamento? -
- sì, ma il tempo per parlare è sempre poco in carcere... -
- lo va a trovare spesso? -
- quando posso -
- e con la famiglia della... - non terminò la frase
- di Augusto? -
- sì -
- non c'è rimasto più nessuno. Era figlio unico, nato tardi da genitori molto in là con l'età. Non hanno più voluto avere niente a che fare con questi posti dopo quello che è accaduto. Sono andati a stare dalla famiglia della madre di Augusto, vicino al passo di Costalunga. Quando sono morti, prima lui poi lei, li hanno portati qui per fargli il funerale e seppellirli. Anche la moglie di Augusto, la Rosa, se ne è andata con loro. Ma di lei non so più nulla.
Gettò uno sguardo verso valle, lungo le pendici di erba sassosa. Sulla strada, in basso, scorreva rada qualche automobile senza quasi fare rumore.
- non avrei mai voluto che Augusto morisse. Ma lui e mio fratello si odiavano ed era solo questione di tempo prima che finisse così, piuttosto che con Luigi dentro una bara -
- non gli ha mai perdonato quello che le ha fatto. Penso -
- intende il fatto che mi ha piantato all'improvviso? -

- sì -

- quello c'entrava fino ad un certo punto. C'era altro fra di loro. Ma non mi ha mai voluto dire cosa -

Avevano raggiunto la stalla. L'interno era arioso, luminoso e pulito. L'odore del fieno mitigava quello più intenso degli animali, che presero docilmente posto nei recinti. In un angolo, sul lato opposto all'entrata, si trovava il box per la mungitura, con il cancelletto di accesso e l'attrezzatura per tirare e stivare il latte. La donna scelse una mucca nera pezzata di bianco e attaccò la macchina alle mammelle enormi e turgide, raccogliendo in un secchio di metallo il liquido che ne usciva copiosamente. Quando l'operazione fu terminata ne travasò una parte in due bottiglie di vetro che sigillò con dei tappi di latta di colore azzurro.

- non dovrei darglieli, ma farò un'eccezione -

- quanto le devo? -

- nulla, purché, se le capita, mi passi ancora a trovare -

- non mancherò - rispose il commissario calcolando rapidamente quanti giorni di ferie gli erano rimasti. Poi seguì la donna all'uscita e fece per congedarsi.

- quando mi ha raccontato del professor Mela, prima, mi è venuta in mente una cosa -

- quale? -

- qualche giorno fa sono scesa in paese per fare un po' di spesa. Guido raramente, per cui andavo piano come mio solito. Ormai mancavano poche curve all'arrivo e proprio all'uscita di una di queste lo ho incrociato che stava salendo a piedi -

- le ha detto qualcosa? Vi siete detti qualcosa? -

- no. Gli ho fatto un cenno di saluto da dietro il finestrino e lui mi ha ricambiato, continuando a camminare lentamente. Ricordo che aveva uno zaino in spalla -

- interessante -

- lei dice? Forse varrebbe la pena di dirlo al commissario Volcan. Il fatto è che sto aspettando una grossa consegna

di fieno e finché non arrivano... -
- non si preoccupi: non credo ci sia fretta - la rassicurò con un sorriso un po' troppo ampio
- se lo incontra glielo dica, magari -
- ci conti -
Gli strinse la mano: aveva una presa energica, diretta, veloce. La pelle del palmo era ruvida e dura, plasmata dal lavoro e dal clima.

Capitolo 5

Ogni volta gli sembrava di osservare una catena di montaggio i cui componenti erano esseri umani calzati di sci e ingombranti scarponi. Mentre le seggiovie, o gli skylift, salivano pieni solo in un verso e completamente vuoti dall'altro, gli sciatori scendevano per poi riprendere gli impianti di risalita e ricominciare il giro. Visto dall'esterno, quell'avvicendamento ciclico e ripetitivo aveva più le caratteristiche di un movimento meccanico di precisione piuttosto che quelle di una vicenda umana. Gli tornavano in mente la Riviera con le sue file maniacali di ombrelloni e lettini piantati nella sabbia come verdura in un enorme orto.

L'ombra della montagna antistante continuava a salire lungo i versanti; il sole splendeva ormai solo sulle cime e poco più sotto, illuminando le strisce di neve artificiale fino a una linea netta di confine fra due parti diverse dello stesso giorno, compresenti nello stesso istante. Le piste brulicavano. Il parcheggio era ancora pieno, la strada pressoché sgombra.

Si rimise in sella, tenendo le mani ben salde sui comandi dei freni. Sentiva le bottiglie di latte sbattere dentro lo zaino a ogni curva. Doveva procedere ad andatura moderata, altrimenti avrebbe corso il rischio di sbilanciarsi e cadere. L'ombra della discesa lo avvolse quasi subito: fortunatamente la strada era perfettamente asciutta, senza neppure una lastra di ghiaccio. L'aria fredda gli sferzava il volto facendogli colare il naso. Nei muscoli, nelle ossa, iniziava ad avvertire la stanchezza. Si sentì vecchio, nonostante non avesse ancora cinquant'anni. E solo, come la signora Adelaide.

Forse, se anche lui avesse calzato un paio di sci invece che un paio di pedali...

Un cane di grossa taglia gli sbucò davanti all'improvviso

all'uscita di una curva.

Frenò di colpo, istintivamente. Troppo. La bicicletta iniziò a slittare, sottraendosi del tutto al suo controllo. La bestia, richiamata con un urlo dal padrone, si volse indietro, indifferente, e prese a balzare lungo la salita. Rilasciò i freni, sbloccando le ruote.

A poco a poco le oscillazioni del mezzo diminuirono, fino a quando riacquistò un'andatura accettabilmente rettilinea.

Fece per fermarsi ma cambiò idea. Voleva arrivare a casa e concedersi una doccia bollente prima di consumare una merenda a base di latte crudo, sempre che il tappo delle bottiglie non fosse saltato via. Se non ricordava male, nella dispensa rimaneva ancora qualche Bretzeln con mele e cannella.

Per la seconda volta in meno di ventiquattro ore si ritrovò a percorrere il breve tratto di strada che lo separava dal teatro. Nell'aria pulita e scura della sera un gracchio alpino planava basso sopra i tetti, alla ricerca di un po' di calore. Il cielo si andava spegnendo, mentre qualche stella, fredda e cristallina, cominciava a svegliarsi dalle remote regioni dello spazio, annunciando la notte.

L'evento musicale aveva riscosso un successo decisamente maggiore rispetto a quello, mancato, della sera precedente. Un nutrito gruppo di spettatori affollava infatti lo spiazzo antistante all'entrata, in attesa che le porte si aprissero e che la sala li accogliesse con le sue comode poltrone. A giudicare dai volti e dalle parole che circolavano nel gelo, il pubblico doveva essere per lo più costituito dagli abitanti del posto e dei dintorni. Non mancavano tuttavia anche i turisti, tra i quali fu agevole per Bezzi confondersi. Fingendo di dare un'occhiata alla struttura, si avvicinò con fare indifferente alla composizione di fiori che aveva notato quella mattina. Qualcuno aveva provveduto a riporli dentro un vaso di metallo, lasciando per fortuna intatto l'incarto che li avvolgeva. Sul davanti, poco sopra la coccarda, trovò quello che sperava: il mazzo era stato acquistato dalla fioreria Dellantonio, come recitava l'etichetta della medesima, sulla quale era anche riportato l'indirizzo del negozio. Annotò tutto sul suo cellulare come se stesse componendo un messaggio, poi si dispose pazientemente in coda, ingannando l'attesa con un volumetto di lirici greci che si era portato da casa. Dieci minuti dopo si ritrovò nella hall gremita, munito del biglietto per lo spettacolo il cui imminente inizio gli concedeva giusto il tempo per un sopralluogo alla toilette.

Questa volta la trovò un po' affollata e dovette attendere prima che il box che lo interessava si liberasse. Si chiuse la porta alle spalle, fece scattare la serratura e concentrò l'attenzione sulla finestrella. Per quanto l'esaminasse con attenzione, non riuscì a rilevare nessun segno di effrazione o forzatura.

La conclusione che ne trasse fu inequivocabilmente univoca, ma diede purtroppo origine ad una possibilità duplice, fra la quale si trovò costretto a scegliere.

Nell'attesa di attuare la sua decisione, prese posto su una poltroncina in ultima fila e riprese la lettura dell'antologia poetica, sprofondando letteralmente il volto nel piccolo libro, quasi fosse affetto da miopia all'ultimo stadio: meglio non rischiare di essere riconosciuto dalla solerte ed efficiente hostess che si stava aggirando, con lo stesso sorriso del giorno precedente, nei dintorni del palco.

Quando, poco dopo, le luci si spensero e la scena si illuminò, ripose il volume nella tasca della giacca e si preparò all'ascolto.

In fondo era pur sempre in vacanza.

Dopo circa due ore l'esibizione ebbe termine fra gli applausi, fragorosi ma pur sempre composti, degli spettatori. A gran richiesta l'artista concesse un paio di bis prima di ritirarsi definitivamente dietro le quinte, mentre i musicisti iniziavano a riporre gli strumenti nelle loro custodie, accaldati per via dei riflettori e della lunga performance.

Il pubblico iniziò a defluire con ordine e senso pratico, riversandosi nel parcheggio antistante mentre si scambiavano le ultime parole e impressioni prima di concedersi il riposo notturno. Poi, nella semioscurità stellata, ognuno si avviava in silenzio verso la propria abitazione. Bezzi si appostò dietro la larga colonna del parchimetro e attese, immobile nel freddo.

Uscì per prima la ragazza. Si era cambiata e al posto della divisa del teatro indossava un paio di pantaloni scuri dal tessuto spesso, un piumino color fucsia ed un cappello della medesima tinta. I capelli biondi e lisci spuntavano da sotto, sulle spalle dalla linea morbida. Non vedendo nessuno attorno, estrasse il cellulare e fece una chiamata. Poche parole perse nella notte. Pochi istanti dopo comparve un ragazzo, alto, con una giacca da sci blu e bianca. Si scambiarono un bacio e si avviarono verso il ponte sul torrente.

Quando anche l'ultima luce si fu spenta, il bigliettaio varcò la soglia tirandosi dietro la porta che chiuse con una lunga chiave; poi digitò alcune cifre su un display e attese che la spia verde fosse accesa. A quel punto richiuse il pannello, si calò il cappuccio della giacca sulla testa e indossò dei guanti di lana neri.

Camminava lentamente, guardando fisso davanti a sé. Il commissario lo seguiva con discrezione, avvolto nel buio degli angoli. Il mormorio dell'acqua gelida ne copriva il rumore dei passi. A poco a poco attraversarono tutto il paese passando per stradine secondarie, lontane dalla piccola area centrale. Quando l'uomo svoltò per un sentiero in salita, fiancheggiato da casupole con gli scuri serrati, il silenzio si fece totale. L'oscurità divenne un drappo spesso, forato da qualche stella.

Quindi si ritrovarono nuovamente su un tratto asfaltato ed illuminato dai lampioni stradali. Lì il paesaggio era aperto e Bezzi gli dovette concedere un buon vantaggio per non rischiare di essere scoperto. Lo vide prendere a sinistra al primo bivio, per una via stretta che costeggiava un prato con qualche albero spoglio. Si udì l'abbaiare festoso di un cane provenire da un caseggiato di villette basse e ordinate. Raggiunse la seconda da destra, estrasse un mazzo di chiavi ed aprì la porta. I latrati si fecero più forti per qualche istante, poi cessarono e la porta si richiuse sulla notte fredda e serena.

Non si poteva avvicinare troppo, altrimenti il cane avrebbe quasi certamente ripreso ad abbaiare. Imprecando in religioso silenzio fece qualche passo e si fermò tendendo l'orecchio. Nulla sembrava disturbare il silenzio. Estrasse il cellulare e lo puntò verso l'abitazione dell'uomo, ma non ottenne il risultato sperato. Con passo ancora più cauto, quasi trattenendo il respiro, avanzò di qualche altro metro ed effettuò un nuovo tentativo. Espanse al massimo lo zoom della fotocamera e scattò alcune volte. Rivide le foto e scelse quella che sembrava la più nitida. La ritoccò aumentandone la luminosità fino a quando non comparve, un po' sfuocato ma leggibile, quello che stava cercando.

Soddisfatto dell'esito del pedinamento si voltò e si diresse verso casa.

Il verso di un uccello invisibile risuonò in alto, chiaro e lontano. Forse era il gracchio che lo seguiva dal cielo.

Ciocchetti, si chiamava l'addetto alla biglietteria: lo provava l'etichetta sul citofono della sua abitazione, immortalata dall'efficiente cellulare di Bezzi. Un nome da cui partire, prima di scomodare i suoi collaboratori a Milano per quei numeri che aveva ricopiato dal telefono della vittima. Avrebbe cercato di raccogliere qualche informazione in paese, la cui strada principale stava ora percorrendo nel lucore gelido del mattino. Quel giorno faceva particolarmente freddo e la temperatura, anche giù a valle, era precipitata a diversi gradi sotto lo zero. Non c'era vento e l'aria sembrava anzi una lastra solida e tagliente, dolorosa da attraversare come vetro in polvere. Il commissario camminava con il volto basso, arrossato, come se qualcuno lo avesse schiaffeggiato metodicamente. Respirava solo con il naso, che teneva affondato in una sciarpa di cashmere. A parte gli scarponi, era vestito con una certa eleganza: pantaloni di fustagno color blu di Prussia, un maglione color ruggine, una camicia bianca inamidata e un giaccone di lana scura. Alle mani calzava guanti neri di pelle lucida, la testa era coperta da un cappello anch'esso nero, di foggia semplice ed essenziale.

Per quel giorno non aveva in programma alcun tipo di escursione a due ruote: faceva semplicemente troppo freddo per le sue ossa.

La sua passeggiata mattutina stava invece per raggiungere la prima delle mete in programma. O, meglio, la seconda, contando anche la pasticceria dove aveva consumato un croissant salato con noci e semi di papavero, accompagnato da una spremuta di arancia e un caffè americano.

Il negozio di fiori affacciava su una strada in salita che partiva dalla piazza centrale, descrivendo un semicerchio fino alla via lastricata lungo il versante destro del torrente. La vetrina, doppia, luminosa e tirata a specchio, si trovava proprio all'inizio. A fianco, una porta di legno dipinta di verde introduceva all'interno del locale, dove la merce era esposta con ordine e gusto, fra l'odore penetrante e un po' dolciastro di petali, pistilli, stami e sepali di varia natura e specie. Un calore piacevole avvolse il commissario, che si sfilò sciarpa, guanti e cappello, sbottonando al contempo la giacca. Sembrava non esserci nessuno a parte i fiori e le piante dall'aspetto fresco e lucido, alloggiati in vasi di plastica colorata sul pavimento e sulle mensole. Sopra il bancone giacevano forbici e tronchesini, nastri di vario colore e alcuni rotoli di cellofan. In un angolo, il registratore di cassa era spento. Un umidificatore di grandi dimensioni borbottava nel silenzio. L'aria era densa, pesante.

Rimase così, in attesa, fino a quando un gatto dal pelo grigio e nero si affacciò da dietro un potos dalla chioma rigogliosa, osservandolo con sospettosa indifferenza. Senza accennare neppure un miagolio di benvenuto, avanzò verso l'ignoto ospite per poi voltare a sinistra e sparire cautamente dietro al bancone, dal quale spuntava ora la punta della coda. Un crepitio di crocchette sgranocchiate palesarono con ogni evidenza la meta del breve e proficuo viaggio del felino.

- Matisse, aspetta: prima devi prendere i fermenti lattici! - La voce proveniva dal fondo del locale, dove una piccola schiera di alberi da appartamento riposava nella luce soffusa. Nel breve tratto di parete bianca lasciato sgombro, si stagliava il profilo di una porta dello stesso colore, dotata di un microscopico pomello.

- mai una volta che mi dessi retta! - proseguì la voce che, man mano che lo spiraglio andava divaricandosi, prese le fattezze di un uomo anziano, magro, con un paio di occhiali dalla montatura gialla appesi al collo.

- oh, buongiorno -

- buongiorno a lei -

- mi scusi ma non l'avevo sentita entrare. Stavo trafficando di dietro e quello stupido campanello è sempre rotto - esplicitò gettando un'occhiata offesa alla porta di ingresso

- non si preoccupi. Non ho fretta -

- è qui da molto? -

- praticamente appena arrivato -

- bene; meglio così allora. Desidera qualcosa in particolare? -

- in realtà non ho le idee molto chiare. Sinceramente mi

intendo poco di fiori... -

- sono per un'occasione speciale? Oppure un semplice pensiero? -

- beh, l'occasione è sicuramente speciale anche se per nulla lieta -

- capisco -

L'espressione del negoziante si fece subito seria, con lo sguardo fisso e distante puntato verso il basso.

- capisco - ripeté avvicinandosi ad una delle mensole - di solito un mazzo di lilium e gerbere è il più indicato per queste occasioni. Poi dipende anche da quanto bene conosceva la persona... -

- ma la conosco ancora perbacco! - esclamò il commissario con un'espressione sbalordita - perché parla al passato? -

- oh santo cielo, mi scusi! - ribatté l'uomo, avvampando lungo il collo e sul viso. Afferrò d'impulso gli occhiali e li inforcò calcandoseli sul naso - mi ha parlato di un'occasione triste e io ho pensato intendesse... -

- ho capito: no, non si tratta di un funerale, anche se quasi lo avrei preferito -

- e di che cosa allora? - gli occhi lo fissavano abnormi dietro le spesse lenti da presbite.

- del matrimonio di mia figlia -

- allora cambia tutto! Ma... si sposa qui? Lei non mi sembra uno di queste parti -

- infatti non lo sono. E neppure la mia bambina -

- scusi allora: non per parlare contro i miei interessi, ma i fiori freschi non durano molto, soprattutto se trasportati per lunghe distanze -

- lo so, ma vede: domani mi raggiungerà qui in vacanza con il suo futuro marito e volevo farle un pensiero. Tanto per non dare l'impressione di essere geloso e abbattuto per la notizia che mi ha dato questa mattina al telefono -

- certo... cosa ne pensa allora di un bel mazzo di queste splendide Dendrobium Pompadour? Mi sono arrivate

proprio questa mattina. Sono freschissime -
- belli, li prendo. Quanti ce ne vorranno? -
- beh, insomma, è pur sempre sua figlia. Direi almeno
dieci -
- va bene. Mi fa una bella confezione? -
- ma certo -
- grazie mille. Anche se non le nascondo che ieri ho visto
un vostro mazzo di fiori bellissimi lì al teatro... -
- ho ben presente - lo sguardo si era fatto di nuovo serio e
più sinceramente afflitto - sono quelli che ha preso quella signora... Ma non sono certo adatti per un evento lieto
come il suo -
- perché? Cosa è successo? Qualcosa di grave? -
- purtroppo sì -
Se lo fece pazientemente raccontare, mentre il solerte
Matisse continuava a macinare crocchette e l'aria a farsi
sempre più greve di esalazioni floreali.

- accidenti - esclamò con un fare sorpreso e costernato -
chi lo avrebbe mai detto che in un posto tranquillo come
questo potesse succedere una cosa tanto terribile -
- non me lo dica: per noi è stato davvero uno shock. E poi
proprio il povero professor Mela: una persona squisita,
colta, che non avrebbe fatto male ad una mosca -
"A una mosca forse no, ma al suo assassino qualche fastidio deve pur averlo procurato" osservò fra sé.
- doveva trattarsi di uno studioso piuttosto celebre, se
una sconosciuta si è premurata di deporre quei fiori... -
- sicuramente la signora non è di qui. Io, almeno, non la
avevo mai vista prima. Un bel tipo sa? - si era di nuovo
sfilato gli occhiali dopo aver terminato di confezionare il
voluminoso mazzo di felicitazioni.
- davvero? - ammiccò Bezzi
- oh sì. Una donna alta, sulla quarantina, curata e dall'a-
spetto piacente. Molto gentile e garbata -
- bionda? - azzardò

- non ne sono sicuro: aveva in testa un cappello. Ma mi sembrava fosse mora -

Pagò i fiori e attese che l'uomo gli desse il resto.

- e come era venuta a sapere del professor Mela, secondo lei? -

- me lo sono chiesto anche io, ma non ne ho la minima idea. Anche perché non mi ha detto che i fiori erano per lui. Li ha semplicemente acquistati ed è uscita dal negozio. Ma io, che non abito lontano dal teatro, ieri pomeriggio, rincasando, li ho subito riconosciuti -

- bene: grazie per la splendida confezione. Sono sicuro che a mia figlia piaceranno moltissimo -

- si figuri. È il mio lavoro -

Il gatto aveva finalmente smesso di ingozzarsi e si stava strusciando sulle gambe dell'uomo.

- non fare il furbo, Matisse. Stasera o prendi i fermenti o salti la cena. È proprio un testone sa: sono giorni che ha mal di pancia e ogni volta finiamo alle solite -

- perché non prova a togliergli la ciotola? -

- non posso: si mette a miagolare come un forsennato e ho paura che disturbi i clienti. In questo periodo dell'anno non me lo posso certo permettere -

Bezzi si accucciò tentando di elargire una carezza al famelico felino, ma ottenne in cambio un sibilo poco rassicurante.

- arrivederci - disse sollevandosi in piedi

- alla prossima. Io sono sempre aperto -

La porta d'ingresso si richiuse dopo aver fatto trapelare qualche frammento di gelo.

Capitolo 6

- Stavo proprio pensando a lei, signor? -
- Fulvio - il commissario omise di enunciare anche il cognome: preferiva farlo circolare il meno possibile in quel paese troppo piccolo e corale per mantenere un riserbo minimamente adeguato alle sue necessità.
- ha saputo cosa è successo? -
- a dire il vero no. Sono stato quasi sempre in sella alla mia bicicletta - mentì senza alcun pudore, sentendosene autorizzato dalla sua missione in incognito che nessuno, all'infuori di lui stesso, gli aveva affidato.
- si accomodi allora, così le racconto -
- d'accordo. Posso ordinare prima? -
- ma certo. Vuole intanto darmi i fiori? Glieli posso conservare mentre pranza con calma -
- volentieri -
Non gli aveva domandato per chi fossero, limitandosi a prenderli in consegna e riporli in un grande vaso di vetro, solido e pesante.
Scelse il piatto del giorno: stinco di maiale con patate al forno e cavolo cappuccio. L'abbinamento con un calice di Pinot Nero si impose come un imprescindibile dovere etico.
- si ricorda l'altra sera, quando parlavamo del professor Mela? - gli domandò dopo aver consegnato la comanda in cucina ed avergli servito un cesto di pane di segale e qualche cetriolino aromatizzato nell'attesa della pietanza principale.
- sì. Un esperto di vini se non vado errato. Dovevo assistere a quella sua conferenza ma poi ho fatto tardi -
- purtroppo il professore è morto - dichiarò senza mezzi termini
- oh santo cielo! -
Per decenza riappoggiò sul tavolo il calice che aveva

appena accostato alle labbra. Il profumo prometteva un vino eccellente, sperando di poterlo gustare di lì a poco.
- proprio la sera in cui avrebbe dovuto tenere la conferenza -
- era anziano... -
- è stato assassinato -
E, per la seconda volta in quella giornata, ascoltò il racconto della dipartita del vetusto studioso, constatandone con una certa soddisfazione la quasi identità con la versione fornita dal fiorista.

- Chissà quale trambusto ci sarà stato in teatro -
- immagino di sì -
- eppure il giorno dopo era regolarmente aperto, tant'è che, almeno questa volta, ci sono andato -
- non possiamo permetterci di fermarci in questo periodo, anche quando vorremmo farlo -
- la stagione deve continuare -
- infatti. Ed è breve. Siamo costretti a sfruttarla se vogliamo stare sereni fino all'estate -
Risuonò il campanello della cucina. La donna si allontanò e tornò poco dopo con il pranzo del commissario. Sul piatto, lo stinco fumava sopra un letto di patate ridotte a piccoli dischi dall'aroma invitante. Qualche cubetto di pancetta spuntava qua e là, abbrustolito nell'olio. In una ciotola a parte, il cavolo cappuccio era stato tagliato in strisce sottili e condito con un olio denso e pepe nero.
- la lascio mangiare in pace -
- può rimanere a farmi compagnia, se vuole -
Si guardò attorno: il locale era vuoto ad eccezione di un paio di tavoli, anche questi occupati dai pochi turisti non sciatori. Tutti gli altri, a quell'ora, dovevano trovarsi stipati in qualche rifugio, in coda per un angolo dove consumare in fretta un panino o un pasto da self service prima di precipitarsi nuovamente sulle piste.
Dalla cucina proveniva un borbottio sommesso di acqua

pronta a bollire.

- d'accordo. Vado a riempirmi un bicchiere del suo vino e torno. Lei intanto inizi finché è caldo -

Non si fece ripetere il consiglio

- allora, le è piaciuto lo spettacolo ieri? -
- non male. Il cantante era piuttosto bravo -
- è molto famoso qui da noi -
- me lo hanno detto -
- ne ha parlato con qualcuno? -
- sì, ho scambiato due parole con l'addetto alla biglietteria. Il signor Ciocchetti se non vado errato -
- proprio lui -
- sembra un tipo simpatico -
- trova? È uno che parla poco -
- lo conosce da molto? -
- praticamente da quando è nato -
- proprio uno del posto insomma -
- eh sì. La famiglia Ciocchetti abita qui da sempre, per quel che mi ricordo. Tanti anni fa erano allevatori piuttosto importanti e possedevano più di un maso a valle e diversi pascoli andando verso il passo. Ma dopo la guerra sono caduti in rovina e qui è rimasto solo Piero che ha trovato un buon impiego al teatro -
- e gli altri? -
- i genitori sono morti da tempo. Ha anche un fratello. Lo sapevo a Trento, ma adesso non sono sicura sia ancora lì. Era un tipo strano. Beveva troppo e spesso diventava violento. Gli piaceva attaccare briga. Qualche volta deve anche averle prese di santa ragione. Se ne è andato una decina di anni fa -
- quindi il signor Piero non è una persona molto loquace -
- no. Conduce una vita piuttosto appartata. Fuori dal teatro lo si vede in giro ben poco in paese, giusto a fare la spesa e, qualche volta, alla messa della domenica. Qui non ha mai messo piede -

- un solitario -
- sì. E un camminatore. Più volte lo ho incrociato sulla strada per il passo, lui e il suo cane -
La conversazione cadde all'improvviso, interrotta da una coppia anziana che prese posto ad un tavolino quadrato poco distante da quello del commissario.

Lo stinco si rivelò delizioso, morbido e cotto alla perfezione, cosa che si premurò di manifestare alla donna quando questa si ripresentò al suo tavolo.
- è la specialità del nostro cuoco: il miglior stinco che può trovare in tutta la valle. Gradisce qualcos'altro? -
- no grazie. Solo un caffè -
- glielo porto subito. Corretto -
- va bene -
- con cosa? -
- mi affido a lei -

Il paese sonnecchiava nel primo pomeriggio. Tutti i negozi erano chiusi, con le vetrine illuminate affacciate sui marciapiedi vuoti. Un sole intenso e freddo riempiva il silenzio.

Il torrente era gelato e quasi immobile. Il cielo uguale e sconfinato incastrato fra le cime dei monti. Bezzi camminava senza fretta riflettendo sul da farsi. Non aveva molto a disposizione, di fatto nulla di concreto. Un bigliettaio solitario, una hostess di cui non sapeva nulla, una donna piacente senza identità. E un morto, ovviamente, al centro di un movente assolutamente ignoto. Ma anche un assassino che aveva avuto fretta di fuggire dalla finestra di un gabinetto pubblico sentendo il commissario entrarvi per espletare i suoi bisogni. Un'impellenza fisiologica altrui che lo aveva costretto ad abbandonare sul lavabo il cellulare della vittima, al posto che recuperarlo con calma dopo aver finito con il cadavere di questa.

Provò a immaginarsi la scena, come pensava dovesse essersi svolta. Il compianto professor Mela riceve un

messaggio, non ricostruibile perché cancellato, che lo invita, chissà poi per quale motivo, a raggiungere il suo carnefice nel bagno degli uomini. Apre la porta ed entra, reggendo ancora il cellulare in mano. Probabilmente l'assassino si è appostato in modo da poterlo sorprendere, forse proprio dietro la porta. Per un attimo tutto il locale è al buio, poi scatta la cellula fotoelettrica e, mentre la porta si chiude da sola, una luce bianca invade lo spazio. Colpisce in quel momento: la vittima gli dà le spalle consentendogli di colpirlo con forza e precisione alla base del collo, che si spezza di netto. Il professore cade, morto. Anche il cellulare cade. Il killer deve agire con lucidità e precisione, minimizzando i rischi. Prende la soluzione giusta: raccoglie innanzitutto il cellulare e lo depone sul pianale del lavabo, in modo che sembri sia stato dimenticato, nel caso qualcuno fosse entrato. Poi afferra il corpo e lo trasporta in una delle toilette. Lo colloca sulla tazza del water, si volta e si appresta a recuperare il cellulare. Ma in quel momento sente la porta dei bagni aprirsi: senza far troppo rumore, coperto comunque da quello prodotto dal nuovo accendersi delle luci (evidentemente programmate per spegnersi rapidamente), chiude la porta del box e ne fa scattare la serratura. Il livello di rischio è massimo in questo momento: non sa chi sia entrato nelle toilette e ignora se, nel caso venisse scoperto, sarebbe in grado di affrontare l'intruso. È consapevole di essere un uomo minuto. Ha pur sempre con sé la sua arma contundente, ma difficilmente potrà sfruttare nuovamente l'effetto sorpresa come con il professore. Meglio fuggire: apre la finestra con un movimento rapido e deciso, la spalanca e vi balza attraverso. Gli indumenti strusciano appena sull'intelaiatura. Nel box rimane il cadavere, solo al freddo.
Sui lavabi il suo cellulare.
Nonostante i propositi della mattina, era venuto il momento di fare una chiamata.

Capitolo 7

- Tarcisi? -
- buongiorno commissario, come stanno andando le ferie? -
- benissimo grazie. Molto più movimentate di quanto immaginassi -
- sta facendo un sacco di chilometri con la sua bici allora -
- ehm... sì, abbastanza. Età e allenamento permettendo, si intende -
- il posto com'è? -
- bellissimo -
- e la cucina? -
- eccellente, ovviamente. Altrimenti sarei già tornato a casa. Si pedala bene anche in pianura -
- non avevo dubbi -
- lì invece come procedono le cose? -
- tutto sotto controllo. Niente da segnalare a parte l'ordinario e un paio di tentativi di omicidio. Non andati a buon fine, per fortuna. D'altra parte non siamo certo un piccolo paese di montagna: non possiamo pretendere la calma piatta che ci sarà dalle sue parti -
- più o meno -
- in che senso, commissario? Mi sta dicendo che è stato perpetrato qualche furto particolarmente rilevante di attrezzatura sciistica? -
- più o meno -
La linea rimase silenziosa per qualche istante
- mi dica: ha chiamato perché le mancavano i suoi collaboratori? -
- no -
- e neppure per sapere come ce la stiamo cavando in sua assenza -
- infatti -

- non è un paese così tranquillo allora -
- lo è, ma ogni tanto qualche eccezione si verifica anche
qui, a quanto pare -
- ma che strabiliante coincidenza! -
- da non crederci -
- quanto strabiliante, commissario? -
- al massimo grado -
- un omicidio?? -
- esattamente -
- le ricordo che il commissariato di sua pertinenza si trova a Milano -
- ho ben presente, ma qui mi sono ambientato talmente
bene che mi sembra di essere a casa mia -
- bisogna vedere se lo pensano anche le autorità del posto
- non credo ne siano del tutto convinte, in effetti -
- allora sarà meglio se si limita a fare il turista -
- ci sto provando, ma mi riesce enormemente difficile.
Soffro molto le distrazioni -
Vi fu un'altra pausa. Più lunga della prima.
- va bene, ho capito: insistere non servirebbe a niente -
- concordo -
- cosa le serve? -
Bezzi le dettò i numeri di telefono di cui aveva preso nota.
- d'accordo, vedo di fare quello che posso -
- entro quando? -
- ha pure fretta! -
- le mie ferie non durano in eterno -
- per come le sta facendo, poteva anche rimanere a
Milano. Di casi con cui intrattenersi ne avrebbe avuti a
sazietà -
- questo ha un sapore diverso -
- ma certo, e come non potrebbe! Me lo racconti allora -
Glielo riassunse brevemente.
- mi sembra che oltre ad un sapore diverso abbia anche
un retrogusto pericoloso -
- sono un uomo di mestiere, con una certa esperienza -

- e con la pistola di ordinanza depositata a oltre trecento chilometri di distanza -
- non essere così pessimista -
- anche io sono del mestiere, anche se con meno esperienza della sua -
- chiamerò, se ho bisogno -
- servirebbe a poco. Veda piuttosto di stare attento -

L'ampia finestra del soggiorno affacciava su un prato in pendenza. Una staccionata di legno a fasce larghe e scure, riverniciate di fresco, correva lungo tutto il perimetro, separando in modo più simbolico che effettivo la porzione di spazio privato da una stradina di servizio che, oltrepassato l'appartamento occupato dal commissario, si arrampicava in una stretta curva verso una schiera di villette perfettamente allineate e quasi a ridosso del versante erboso del monte, da cui le separava una risicata striscia di cemento bianco e pulito.

Nell'ora del pomeriggio, il sole riverberava sui vetri con un incendio di riflessi. Non era ancora il tramonto e il campanile della chiesa aveva appena battuto il primo quarto dopo le quattro. Per strada non girava quasi nessuno. L'ultima luce del giorno trionfava solitaria e muta. Bezzi, appoggiato al davanzale, stava osservando il ritaglio di orizzonte che si apriva verso fondovalle. Da dietro il vetro lucido e spesso il freddo trapelava come un liquido attraverso un panno. La superficie interna era quasi gelata, nonostante il caldo secco nella stanza. Dalla stradina spuntò una testa, senza cappello, che sbocciò rapidamente nel profilo di un uomo massiccio e barbuto, dall'andatura risoluta. Passando per il cancelletto di apertura, superò la staccionata e attraversò rapidamente il prato, fino a piantarsi di fronte al commissario. Il volto era arrossato dal freddo e le parole producevano piccoli sbuffi di condensa che appannavano la finestra.

- mi può aprire per cortesia? -

- la porta principale è sull'altro lato, commissario Volcan -
- non fa nulla. Posso entrare anche dalla porta finestra -
ribatté indicando l'ampio ritaglio adiacente il davanzale
- mi sembra poco riguardoso farla transitare per l'ingresso di servizio -
- sicuramente non meno riguardoso di lasciarmi fuori ad
aspettare -
- d'accordo, le apro -
- grazie -
Sbatté e strofinò accuratamente gli scarponi prima di attraversare la soglia.
- prego, si accomodi -
Non gli offrì alcunché. Volcan si sedette su una delle due
poltrone affacciate su un caminetto angolare. Bezzi fece
ruotare l'altra in modo da avere l'uomo di fronte e prese
posto a sua volta.
- non accende mai il fuoco? -
- la proprietaria non lo consente -
- forse non si fida -
- se la conosce potrebbe mettere una buona parola per me
- ne vale la pena? -
- perché, è convinto del contrario? -
- immagino non rimarrà qui ancora a lungo -
- ho ancora qualche giorno -
- quanti? -
- quanti bastano. E ne posso prendere altri -
- speravo fosse stufo -
- per niente. Ci sono tante di quelle cose da fare qui -
- ma non tutte possono essere fatte -
- sicuramente quelle lecite sì. Delle altre non mi interesso
- esistono anche quelle non consigliabili -
- non me ne viene in mente nessun esempio -
- glielo posso fare io -
- prego. Sono tutto orecchi -
- per esempio andarsene in giro a fare domande -
- la curiosità rende più interessanti i luoghi -

- e anche alcune persone -

- anche -

- mentre altre le rende poco gradite -

- pazienza: mi accontento di essere gradito a me stesso. Anche se non sempre ci riesco -

- fa male: concentrandosi su se stesso perde di vista il contesto -

- tutt'altro: lo tengo sempre sotto controllo. Limitatamente alla parte che mi interessa, s'intende -

- anche raccontare balle non è raccomandabile -

- non mi risulta di averlo fatto -

- quei fiori - disse indicando il mazzo di orchidee che Bezzi aveva sistemato sul tavolo del salotto - non dovevano essere per sua figlia? -

- è molto informato vedo. Si, avrebbero dovuto. Ma un contrattempo dell'ultimo minuto le ha impedito di raggiungermi con il suo futuro sposo -

- però: vi sposate presto dalle vostre parti -

- cosa intende dire? -

- non ha neppure ventun anni sua figlia, giusto? Mi sembra si chiami Marta... -

- anche a lei piace fare cose poco consigliabili -

- prendere informazioni fa parte del nostro lavoro. Dovrebbe saperlo -

- non minacciare, però -

- se occorre... io comunque non sto minacciando nessuno. Le sto solo facendo un altro esempio di cosa poco gradita

- preferivo il mio -

- è comprensibile: questo la riguarda molto da vicino -

- infatti -

- come la morte del professor Mela riguarda da vicino noi. E non lei -

- avete qualcosa da nascondere, voi? -

- non lo so ancora. Ma so cosa non voglio: che lei continui ad immischiarsi. È già la seconda volta che affrontiamo l'argomento -

- mi ingiunga di allontanarmi da qui allora, se le da tanto fastidio quello che faccio -
- non mi è possibile e lei lo sa bene -
- già. Ha proprio ragione. Allora saprà bene anche che, per quanto in vacanza, sono sempre un pubblico ufficiale. Certi soggetti è meglio lasciarli in pace... -
- lo sono anche io un pubblico ufficiale. In servizio -
- dunque lasciamoci stare a vicenda -
- si faccia gli affari suoi, allora -
- la smetta di ripetermelo, allora -
- speravo mostrasse un po' più di rispetto -
- per chi, per lei? -
- no -
- per l'assassino di un povero vecchio? -
- neppure. Lasciamo perdere -
- ottima idea -
- alla prima cazzata che combina, e spero proprio che la combini presto, la rispedisco a Milano con la scorta -
- continui a spiarmi allora: può darsi che sarà fortunato -
Volcan si alzò di scatto ed afferrò la maniglia della porta finestra.

Un attimo dopo stava attraversando il prato nella luce sfavillante.

Forse, anzi probabilmente, il collega aveva ragione. Se si fosse limitato a godersi le ferie, avrebbe creato meno problemi a tutti. A partire da se stesso. Aveva pianificato e organizzato quella vacanza da qualche tempo, scegliendo con cura il luogo, che aveva trovato ancora più splendido di quanto avesse potuto stimare contemplandone le immagini in rete. Il cibo era eccellente oltre ogni misura, così come il vino. Pedalare con costanza e sistematicità lo faceva sentire più vigoroso e presente al suo corpo.

A volte, aveva l'impressione di essersi immerso in un lungo bagno purificatore e che le scorie sulla sua esistenza si stessero staccando a poco a poco. Presto sarebbe rimasto solo l'essenziale, il nucleo lucente. Perché ciò potesse accadere, doveva però rimanere concentrato sullo scopo della sua presenza lì, così lontano dalla sua quotidianità. Doveva proseguire il cammino, in salita come le strade che percorreva con la sua bicicletta. Fino a raggiungere la cima e vedere cosa offriva il panorama. Per quel motivo aveva preso ferie ed era venuto in mezzo alle montagne. Per diventare come loro. Per guardare dall'alto in mezzo all'aria pura. Perché il respiro si andava facendo troppo affannoso.

Tutto aveva l'apparenza di procedere per il verso giusto, poi era arrivato il professor Mela, quasi che con la sua morte avesse voluto tentarlo, richiamarlo, ricordargli qualcosa. E poi la donna sola con le sue bestie, e il profumo della hostess...

Si immaginò di fronte a uno specchio: le fattezze nitide, precise, scolpite in una luce intensa. Circondata dal vuoto. Il vuoto solo nell'immagine riflessa; alle spalle, fuori dallo specchio, un guazzabuglio di cose un po' impolverate. Lui in mezzo, fra splendore deserto e disordine accumulato.

Sul cellulare arrivò un messaggio. Pensando si trattasse di Tarcisi, afferrò dal tavolo un blocchetto e una penna, pronto a trascrivere i nomativi che la sua collaboratrice aveva individuato.

La Pace sta per bussare alla tua porta

Trasalì e si affrettò a rispondere.

Credevo che la Pace mi avesse lasciato per sempre

Lo credeva anche lei. Invece è qui fuori e sta morendo di freddo. Vieni ad aprirmi.

Si precipitò alla porta di ingresso.

- ciao Irene -
- ciao Fulvio -

Capitolo 8

- Come hai fatto a trovarmi? -
- come sempre. Sei facile da cercare -
- hai fatto ritorno anche tu dal mare?[1] -
- no. Sono qui solo di passaggio -
- perché? -
- per te -
- vuoi provare di nuovo a convincermi a seguirti? -
- no. Sarebbe inutile. Almeno per il momento. Forse, quando sarai più vecchio e libero dalla tua vita -
- hai le mani gelate -
- fa un freddo terribile qui -
Gliele accarezzò e se le portò al volto.
- ho lasciato l'estate per ritrovarti -
- lo so, lì è sempre estate -
- e il mare infinito -
- vuoi già tornare? -
- no, per il momento ho ancora troppa nostalgia -
Lo baciò con delicatezza. A lungo. Fuori tramontava. La cima di un monte si accese come una stella e poco dopo scivolò nell'ombra. Le auto si facevano sentire lungo la strada, borbottando e accelerando nel mezzo della coda.
- vuoi qualcosa di caldo da bere? -
- non adesso. Non ho più freddo -
Rimasero a fissarsi mentre il buio avanzava nell'appartamento silenzioso.
Poi Bezzi si mosse e la donna lo seguì tenendolo per mano. Tennero le luci spente.

- cosa ti piace di questo posto, Fulvio? -
- probabilmente quello che non piace a te -
- il freddo? -

---

1   vedi nota al capitolo 1

- anche. Ma pensavo a qualcosa di più simbolico -
- per esempio? -
Il buio la nascondeva nel letto caldo. La notte si stendeva
fuori, dietro gli scuri richiusi.
- qui è tutto netto; essenziale. C'è solo la perfezione che
serve -
- altrimenti non sarebbe perfezione -
- intendo dire che qui le cose rimangono dopo che tutto il
resto è stato tolto -
- è un posto adatto per la solitudine allora -
- sì. E il freddo ne fa parte: asciuga quello che non serve -
- allora non ti servo neppure io? -
- mi riferivo a me stesso -
- ed è solo di te stesso che hai bisogno adesso? -
- finché non hai bussato alla porta -
- stai dicendo la verità? -
- no -
Nessuno dei due vide l'altro sorridere.
- quanto vuoi che rimanga? -
- io non ho nessuna fretta. Tu? -
- neppure -
- come vanno le cose dall'altra parte del mondo? -
- benissimo. La mia nuova vita è molto semplice: spendo
piano piano i miei ingenti risparmi per viverla il meglio
possibile. Ho troppi ricordi da dimenticare, quasi nessun rimorso, tempo infinito a disposizione. E sono sola.
Spesso mi va bene così perché non voglio compromessi.
Ogni tanto però ho bisogno di prendere un aereo -
Si avvicinò per baciarlo.
- nessuno è venuto a cercarti? -
- nessuno sa dove sono. E non ho lasciato incarichi in-
compiuti. Quindi a nessuno interessa -
- l'avrei preso anche io un aereo, se non ci avessi pensato
prima tu -
- tu invece, a parte cercarti in mezzo a questi monti,
cos'altro fai qui? -

- pedalo verso l'alto. E poi scendo quando sono sazio e stanco -

- e quando sei tornato fili a nanna? -

- tutt'altro: ho ancora sufficienti energie per godermi una bella cena -

- un po' monotono -

- lo credevo anche io, almeno fino a due giorni fa -

- cosa ti ha fatto cambiare idea? -

- è una storia un po' complicata, di cui so ancora molto poco in verità -

- come mai? -

- perché sono solo all'inizio della mia indagine -

- indagine? -

- più o meno. Diciamo indagine non ufficiale -

- cosa è successo? -

- hanno ucciso un uomo. Un vecchio -

- qui?? -

- proprio qui -

- e tu come fai a saperlo? -

- l'ho trovato io il corpo -

- la faccenda sembra molto interessante e merita di essere approfondita -

- se hai voglia... -

- certamente. Ma la tua fissazione per la cucina mi ha fatto venire fame -

- ti preparo qualcosa? -

- no. Portami in qualche posto. Sono sicura che avrai provato tutti i locali del paese -

- e anche qualcuno di quelli limitrofi se è per questo -

- allora vestiamoci e andiamo. Se non ricordo male, in montagna si va a cena presto -

Presero l'auto di Bezzi. La strada era quasi sgombra, con le curve che si addentravano nel buio e i brevi rettilinei fra fila di lampioni gelati e fiochi. Le pendici dei monti incombevano sulla carreggiata con la roccia nuda e bruna macchiata ogni tanto da qualche grumo di erba. Procedevano lentamente, come se dondolassero lungo la striscia nera di asfalto. Il torrente scorreva ora sul lato destro ora su quello sinistro.

- è molto lontano il posto? -
- qualche chilometro ancora e ci siamo -
- bene. È da ieri che non tocco cibo. In aereo non avrebbero potuto servire un pasto peggiore -

Si era cambiata e adesso indossava un abito sopra al ginocchio, di lana blu. Un paio di collant color carne mettevano in risalto l'abbronzatura delle gambe. I capelli biondi e fini ricadevano sul colletto del cappotto, disegnando una linea regolare.

- ti piacerà. È un locale semplice, con un bel camino d'angolo nella sala e profumo di legna al fuoco -

Superata una rotonda presero una strada secondaria a sinistra, addentrandosi in mezzo ad un vasto campo brullo e ricoperto di brina. Dopo qualche centinaio di metri il percorso si fece più stretto e accidentato e prese a salire in un lungo rettilineo. In cima, su una spianata irregolare, sorgeva un edificio basso. Dalle finestre trapelava la luce dell'interno, densa e calda dentro il buio circostante.

Il commissario smontò dall'auto e aprì la porta alla donna. Un cane attaccò ad abbaiare da una casupola di legno, smettendo però quasi subito. Il silenzio era dappertutto. I passi non facevano rumore sopra il terreno gelato.

- attenta a non scivolare: non hai le scarpe adatte -
- d'accordo, domani mi faccio un guardaroba da perfetta montanara -
- nel frattempo dammi la mano -
- potevi trovare una scusa migliore per fartela stringere -
- questa mi sembra molto plausibile -
- potresti avere ragione -

Li accolse un uomo giovane ed alto che gli domandò se avessero prenotato. Il locale era pieno, animato da conversazioni a bassa voce e dalla processione pragmatica

dei camerieri fra sala e cucina. Faceva caldo e la donna si sfilò il cappotto. Bezzi fece altrettanto. L'uomo li prese in consegna e tornò dopo qualche istante.
- intanto, se preferite, potete accomodarvi al bancone del bar. Ci sarà da attendere una ventina di minuti -
Lo seguirono in una saletta attigua, meno illuminata di quella principale e più silenziosa. Sul lato opposto all'entrata, a un lungo tavolo sedeva una donna anziana. Stava prendendo nota di una prenotazione, trascrivendola su una voluminosa agenda. A fianco si trovava il registratore di cassa, circondato dalle comande dei clienti. Terminata la chiamata si mise a battere un conto, poi alzò lo sguardo e sorrise ai due ospiti.
Verso le otto e mezza si sedettero finalmente al tavolo che gli era stato assegnato, piccolo e apparecchiato con cura.
- ti fidi di me, Irene? -
- non è esattamente nella mia natura fidarmi, ma per te posso fare un'eccezione -
- perfetto: ordino per entrambi -
- sentiti libero di esagerare -
- ne uscirai sazia e soddisfatta -
- chiama il cameriere allora: è arrivato il momento di cominciare -
Presero un antipasto a base di pane di segale, speck e cetriolini aromatizzati accompagnati da una piccola porzione di polenta di patate, morbida e profumata di cipolle. Sempre all'insegna della tradizione locale, ordinarono poi Cajoncìe alle erbe selvatiche, Sguazet con polenta di grano saraceno e verdure fresche, Zelten e Fortaie per dolce.
- avremo un bel po' di tempo da trascorrere a tavola -
- credo che riusciremo a raggiungere l'orario di chiusura, se mangiamo con la dovuta calma -
- cominciamo con un brindisi allora, Fulvio. Di? -
- Rebo -
- non lo conosco e ha un nome strano -

- è un vino giovane, in un certo senso: esiste da una settantina di anni. Il nome è quello dell'agronomo che lo ha realizzato -
- mi piace il colore. Rosso come labbra carnose -
- il profumo è ancora meglio. Per non parlare del gusto -
- cin cin allora -
- cin -
- e ora raccontami cosa è successo. Dall'inizio e senza fretta: mi servono tutti i particolari -
- perché, vuoi aiutarmi anche questa volta? -
- può darsi, purché sia interessante come il caso precedente -
- farò in modo che lo sembri -
- ti ascolto -
Il resoconto fu lungo e dettagliato e si concluse con l'arrivo dei dolci.

- allora, che te ne pare? -
- molto stimolante. Ma, riusciremo mai a risolverlo? -
- perché sei così pessimista? -
- non abbiamo molto da cui partire -
- di certo più di un cadavere imbalsamato -
- mi piacerebbe saperne di più di quella donna, la dispensatrice di corone floreali -
- abbiamo un'unica speranza di poterla identificare -
- dipende da quanto sei stato fortunato -
- cinque numeri di telefono non sono poi così pochi, date le circostanze in cui sono stati ricopiati -
- lo sono rispetto alle probabilità che uno di questi appartenga alla donna -
- sempre che il professor Mela ne possedesse il numero -
- e sempre che lui la conoscesse -
- quanto meno lei conosceva lui -
- almeno questo è un punto a favore, Fulvio -

- verificheremo quando mi invieranno i nominativi dal commissariato. Intanto godiamoci i dolci. Da quale preferisci iniziare? -

Capitolo 9

Il cielo era cupo, di piombo. Nuvole basse, dense guardavano la valle. Il gelo era carico di umidità e non soffiava vento.
- un tempo da neve -
- non credo, Irene. Fa troppo freddo -
Il termometro esterno segnava -18°.
- allora cosa ci porteranno queste nuvole? -
- non lo so. Da quando sono arrivato qui non ne avevo ancora vista una -
- che ore sono? -
- quasi le otto -
- pensi ti chiameranno dal commissariato? -
- è presto. Intanto facciamo colazione. Poi provo a sentirli io -
Si alzò dal letto e si vestì in fretta, indossando maglia termica, maglione di pile e un paio di pesanti calzoni di lana. I vetri delle finestre erano gelati anche dal lato interno.
- dammi dieci minuti. La panetteria è qui vicino -
- intanto preparo la tavola -
Lo baciò sporgendosi dalle coperte e attese che uscisse. Poi si avvolse in un plaid e si avvicinò alla finestra della camera. Lo vide imboccare la curva che scendeva verso il centro del paese, le spalle ben dritte contro il livore della mattina, il volto nascosto dalla sciarpa e dal cappello. Alzò la mano accennando un saluto e si spostò in cucina, mettendosi in cerca delle stoviglie. Terminato di apparecchiare controllò l'orologio e mise la caffettiera sul fuoco. Da lì a poco Fulvio avrebbe fatto ritorno intirizzito dal freddo.

- avevi detto dieci minuti -
- mi hanno chiamato dal commissariato per darmi i nomi. Mi sono fermato a trascriverli -

- vai in giro con carta e penna? -

- no, l'ho chiesta in prestito alla proprietaria della panetteria -

- c'è anche un nome di donna nell'elenco? -

- sì, e non abita in questo paese, ma in uno poco distante -

- bene, cosa aspettiamo? -

- prima la colazione. Le buone abitudini vanno preservate -

- il caffè si è raffreddato -

- tu preparati, io intanto ne metto un altro sui fornelli -

Il luogo distava poco più di una decina di chilometri lungo la strada di fondovalle. Le nuvole si erano fatte ancora più basse e l'auto sembrava procedere in un paesaggio scolorato e senza spessore, schiacciato contro il giorno livido.

Mancava qualche minuto alle nove.

Incrociarono un mezzo sgombraneve con la benna sollevata e le grandi ruote che battevano sull'asfalto ancora asciutto. Dappresso lo seguiva un furgone spargisale con i lampeggianti accesi.

- si stanno preparando, Irene -

- allora avevo ragione a dire che nevicherà -

- a quanto pare. Speriamo non ne scenda troppa. Non sono attrezzato per una tormenta -

La temperatura era salita. Il termometro dell'auto segnava -10°.

Sul lato destro correva il torrente, fra un ampio spazio pianeggiante e i primi pini del bosco che arrancava sulle pendici per un breve tratto. Qualche fondista solitario scivolava sullo stretto sentiero di neve artificiale pressata, sbuffando aria dalla bocca.

Superarono una rotonda e poi un attraversamento pedonale. Poco dopo incrociarono il cartello che segnava l'inizio del paese: Canazei. I mezzi antineve erano al lavoro sulle piccole vie in salita; il sale scricchiolava sotto le gomme.

L'appartamento della donna si trovava all'interno di un condomino elegante, adiacente un hotel affacciato su un'ampia curva panoramica.

Trovarono il cognome sulla citofoniera.

- ti ricordi tutto, Fulvio? -

- certo. E grazie per l'idea: mi sembra davvero eccellente -

- vediamo allora se funziona -

- chi è? - sibilò nell'interfono una voce femminile

- la signora Dantone? -

- sì, sono io. Chi è? - ripeté un po' infastidita

- sono Irene, non si ricorda? -

- no -

- ma come, avevamo un appuntamento proprio questa mattina -

- non mi sembra proprio. Non so neanche chi sia lei! -

- oh santo cielo, non vorrei mi stessi confondendo con una sua omonima -

- penso proprio di sì -

- ma, scusi, non è lei quella signora alta, con i capelli neri... -

Bezzi si augurò che l'impressione avuta dal fiorista in merito alla chioma della piacente signora fosse esatta.

- sì, e allora? -

Il fastidio era ormai prossimo all'irritazione

- allora non ho sbagliato! Sono qui con mio marito, come eravamo d'accordo -

- senta, non so di cosa stia parlando. Se ne vada per cortesia! -

- ma non è possibile: ha detto che ce lo avrebbe presentato... -

- ma presentato chi??? Di chi sta parlando! -

L'irritazione era sfociata nell'esasperazione.

- ma del professor Mela, ovviamente! -

Rivolse al commissario uno sguardo ansioso. Rimasero in attesa alcuni istanti. Poi la donna parlò, questa volta con

un tono molto diverso.
- salga. Salite. Quinto piano -
Un mezzo spargisale passò alle loro spalle mentre il portone si richiudeva.

- Mi deve scusare, ma proprio non riesco a ricordare la sua faccia né l'occasione in cui ci siamo incontrati -
- non si preoccupi, non importa - tagliò corto per evitare di fornire particolari tanto immaginari quanto rischiosi se identificati come tali.
- e mi scusi se sono stata così scontrosa, ma quello che è successo al povero Angelo... -
Notò lo sguardo interrogativo dell'uomo e della donna.
- il professor Mela. Il suo nome di battesimo era Angelo -
- al professor Mela? - fece eco Bezzi che ormai si era assuefatto alla parte dell'ignaro uditore di sciagure
- sì. Non sapete cosa è capitato? -
- no, cosa? - lo spalleggiò Irene
- una tragedia. Angelo è morto. È stato ucciso! -
Scoppiò in singhiozzi, incapace di trattenersi davanti ai due estranei, che attesero con calma senza proferire una parola.
Dopo alcuni minuti la donna si calmò. Chiese il permesso di servirsi un bicchiere d'acqua e domandò se anche loro desiderassero qualcosa da bere.
- un po' d'acqua andrà benissimo anche per noi. Qui è così buona che noi di città ne facciamo scorta - rispose Bezzi.
- è vero. Non credo di aver mai comperato una bottiglia di acqua in vita mia. Sono nata e cresciuta qui, in questa valle, e la città non mi hai mai attirato: troppo trambusto, troppa frenesia, troppa freddezza, troppa violenza... - si interruppe e li lasciò soli nel salotto, tornando poco dopo con un vassoio sul quale aveva appoggiato una caraffa e tre bicchieri bassi e larghi.
- da dove venite? Scusate ma non ricordo proprio nulla

dell'incontro con la signora. Sono troppo sconvolta per
quello che è accaduto ad Angelo -
Glielo dissero.
- non ci sono mai stata. Dicono sia grande e caotica -
- è vero. Anche io, prima di stabilirmi a Milano, ho vissu-
to in una piccola cittadina: la differenza l'ho notata subito. Ma poi mi ci sono abituato -
- io non potrei mai. Già solo il fatto che non ci siano le
montagne... -
- le si riesce a vedere bene nelle giornate limpide. Lontane
ma nitide -
- non mi basterebbe -
- immagino. Questa è la sua terra -
- la pianura mi mette tristezza -
- e come non potrebbe, se è abituata a questo paesaggio -
- infatti -
Guardarono tutti e tre fuori dalla finestra. La luce si era
fatta ancora più livida, l'aria era spenta, come se il cielo
stesse trattenendo il fiato da troppo tempo.
- pensa che nevicherà? -
- fa ancora freddo. Ma se la temperatura continua a salire,
ne verrà giù un bel po' -
Bevvero l'acqua. La donna ne versò dell'altra. Svuotarono
nuovamente i bicchieri.
- cosa posso fare per voi, signora Irene e signor... -
- Fulvio -
- Grazie. Il professor Mela non potrò proprio presentar-
velo. È un'enorme perdita per tutti noi. E per me -
- ci dispiace moltissimo signora Dantone - intervenne
Irene - potrebbe raccontarci cosa gli è successo? Sempre
se se la sente -
- d'accordo. Proprio nel paese dove alloggiate voi, tre
giorni fa Angelo doveva tenere una conferenza delle sue
sul vino. Non ricordo esattamente l'argomento perché
volevo andarci anche io ma alla fine non sono riuscita.
Ho un negozio di abbigliamento e quella sera ho dovuto

fare io la chiusura: la ragazza che mi da una mano si è ammalata. Ho provato a chiamarlo per dirglielo e per invitarlo a cena da me dopo la conferenza, ma il telefono era staccato. Allora mi sono preparata qualcosa per me sola e poi sono andata a letto. Ero molto stanca -
Proseguì con un resoconto piuttosto dettagliato della delittuosa dipartita della vittima, che si concluse con la mesta deposizione della corona di fiori nel luogo in cui questa era avvenuta.
- vi conoscevate da molto lei e il professor Mela? -
- sì. Era un amico di famiglia. Andava a scuola con mia madre alle elementari e anche alle medie. Poi lui ha proseguito gli studi, mentre lei è andata a lavorare con mio nonno nel negozio di famiglia che oggi gestisco io. Ma non hanno mai smesso di frequentarsi. Angelo viveva qui, in questo paese. La sua casa è poco distante dalla mia. Chissà ora a chi finirà... -
- non aveva figli, nipoti? -
- no. Non si è mai sposato ed era figlio unico -
- come ha saputo della sua morte? - si intromise Bezzi
- il giorno dopo è venuta qui la polizia. Avevano visto la mia chiamata, mi hanno detto. È stato terribile venirlo a sapere così... -
- lo sarebbe stato anche in qualsiasi altro modo, signora Dantone -
- ha ragione, perché è terribile che sia stato ucciso. Terribile e assurdo! -
Scoppiò nuovamente a piangere. Bezzi le versò un po' di acqua nel bicchiere e attesero.
- grazie -
- se preferisce che la lasciamo in pace... - propose Irene
- no, restate ancora un po' se potete. Oggi non devo aprire io il negozio e parlare con delle facce nuove mi fa piacere. Fa sembrare quello che è successo meno opprimente, meno prigioniero di questa valle -
- diceva - riprese Bezzi - che quanto accaduto al professor

Mela le sembra assurdo -

- infatti -

- non le viene in mente nessuno che potesse volerne la morte? -

- assolutamente no, almeno per come conosco Angelo -

- le va di raccontarci qualcosa in proposito? Avremmo tanto desiderato incontrarlo... -

- ma certo! Era un grande studioso: come vi dicevo, dopo le scuole medie ha frequentato il liceo e l'università, a Trento. Mi ricordava spesso che era stato una delle prime matricole dell'ateneo che è stato fondato nel 1962, proprio nell'anno in cui si era diplomato. Dopo la laurea ha insegnato Sociologia e poi Storia per tanto tempo. Quando finalmente è andato in pensione, ha iniziato a interessarsi ai vini locali, alla loro storia. Era la sua grande passione ed era diventato un vero luminare dell'argomento. Per avere settantaquattro anni era un uomo ancora pieno di energia ed entusiasmo. Buono e benvoluto da tutti. Ma forse le cose non stanno proprio così a quanto pare... -

- in effetti - convenne Bezzi - un delitto come quello di cui è stato vittima il professor Mela ha tutto l'aspetto di una azione pianificata -

Fingendo di afferrargli affettuosamente la mano Irene gli rifilò un pizzicotto dolorosissimo alla base del palmo, vicino al polso. Mentre cercava di non trasalire in modo troppo evidente, il commissario udì la signora Dantone domandargli

- perché la pensa così? Se ne intende di omicidi? -

- per fortuna no, ma sono un grande lettore di gialli. E di solito in questi romanzi un omicidio così, all'interno di un luogo pubblico, è collegato ad un movente "forte" e ad una volontà precisa -

- è vero. Non ci avevo pensato. Però... -

- sì? -

- se chi ha ucciso Angelo meditava di farlo da un po', perché scegliere il teatro, nel giorno in cui doveva tenere una conferenza? A lei che se ne intende, non le sembra molto rischioso? -

- la signora ha ragione - constatò Irene - sarebbe stato meglio attendere un'occasione più adatta, quando il professore fosse stato solo, in un luogo più isolato. O almeno meno affollato -

- cara - la apostrofò Bezzi restituendole il pizzicotto e pareggiando i conti - probabilmente sarà accaduto qualcosa che ha portato l'assassino ad agire in quel modo. Lei cosa ne pensa, signora? -

- non so davvero che dire. Mi domando cosa abbia mai potuto fare un uomo come Angelo per meritarsi quella fine -

- in cosa consisteva la sua attività di studioso dei vostri vini? -

- oh, non ne so molto. Sono faccende per studiosi, appunto. E io non lo sono di certo. So che se ne andava spesso in giro per tutta la valle e su per le montagne a cercare "tracce", diceva lui, che confermassero le sue idee -

- e non sa di quali idee si tratta? -

- no. Il vino non mi piace e dell'argomento non me ne intendo. Sono comunque certa che abbia scritto diversi articoli e anche qualche libro in proposito. Aspetti -

Si allontanò e tornò con un volume impolverato.

- questo me lo aveva regalato lui qualche anno fa. Ne ho un'altra copia. Se vi fa piacere tenerlo, dal momento che non avete potuto conoscerlo di persona... -

- immensamente. Non sappiamo davvero come ringraziarla -

- non ce n'è bisogno. Vi tratterrete ancora a lungo? -

- oh, questo dipende da mio marito. Hai sempre tanto da lavorare, vero Fulvio? -

- ehm, sì, certo. Ma qualche giorno di ferie possiamo ancora permettercelo, cara -

- molto bene! questi luoghi mi stanno piacendo sempre di più -

- già, ci sono molte cose da fare -
- sciate? -
- in verità no. Siamo due ciclisti -
- avete fatto bene ad approfittare di questi giorni di bel
tempo -
- sì, ma sembra che stiano per terminare - osservò Bezzi
Guardarono nuovamente fuori dalla finestra. Pareva che
il cielo si fosse mangiato tutta la luce.
- è in arrivo una nevicata coi fiocchi, in effetti -
- una manna per gli sciatori. Un po' meno per noi -
- ma, Fulvio, vedrai che troveremo qualcos'altro da fare -
- non ne dubito, Irene -

Capitolo 10

- cosa facciamo adesso? -
- qualunque cosa ti venga in mente, Irene, sarebbe meglio concluderla prima che inizi a nevicare. Se ne scende troppa, anche i pneumatici da neve serviranno a poco -
- un salto nell'appartamento della vittima? -
- ci saranno i sigilli della polizia, come minimo. Senza contare che la porta di ingresso non sarà certo stata lasciata aperta in attesa che noi la varchiamo -
- credi che entrambe le cose possano costituire una difficoltà per la sottoscritta? -
- preferisco non meditare troppo sull'argomento. E se dovesse esserci un agente di piantone? -
- in quel caso faremo altro -
- non potremmo farlo subito l'altro? -
- hai paura, Fulvio? -
- no. Mi vergogno un po' -
- perché? Stiamo agendo a fin di bene in fondo -
- a un poliziotto non fa esattamente piacere se qualcuno si intrufola sulla scena del crimine. Per me sarebbe già la seconda volta in quattro giorni, per lo stesso caso e con l'aggravante dell'effrazione. Un minimo di senso di solidarietà non potrebbe non scattarmi nell'animo... -
- e se provassi a vederla come un dispetto al commissario Volcan? -
- uhmmm... non ci avevo pensato. Da questo punto di vista sembrerebbe tutto più accettabile. Quasi giusto anzi -
- bene, abbiamo risolto i dilemmi etici -
Estrasse il cellulare e navigò per qualche minuto, digitando in fretta sulla tastiera a causa del freddo pungente, per quanto la temperatura fosse ulteriormente salita a -4°. Il cielo si era fatto ancora più basso, appiattendo la poca luce che filtrava dalle nuvole. I suoni e il silenzio galleggiavano come alghe nella calma piatta.

- trovato. Di Mela qui non ne mancano, ma di Angelo ce n'è solo uno e, come ci ha detto la signora Dantone, abita non lontano da qui -

- muoviamoci allora -

Tornarono sul viale principale che percorsero fino alla stazione della funivia. Poi attraversarono la strada e si infilarono in una via stretta, dove c'erano solo negozi di varia natura, uno a fianco all'altro. La luce delle vetrine macchiava l'acciottolato livido, mentre da ambedue i lati si susseguivano generi alimentari, capi di abbigliamento, bottiglie di vino e liquori, calzature, un fotografo e un centro di abbronzatura e massaggi. In cima al breve percorso trovarono un bar d'angolo. Di fronte sorgeva il condominio dove erano diretti.

- ho freddo. Possiamo bere qualcosa di caldo prima di proseguire nella nostra indagine? -

- vedo che apprezzi il lessico poliziesco. Chissà, magari potresti arruolarti nelle forze dell'ordine e mettere i tuoi talenti a disposizione della giustizia -

- non ci penso proprio. Ho chiuso con il lavoro, di qualsiasi tipo. Solo hobby e relax -

- come non approvarti. Dai entriamo. Sento freddo anch'io -

Si affacciarono alla porta di ingresso, ma Bezzi si ritrasse immediatamente, ancora prima di cominciare ad aprirla.

- allontaniamoci di qui, alla svelta -

- chi hai visto? -

- il commissario Volcan. È lì al bancone a sorbirsi beatamente una tazza di qualche bevanda fumante. Se si accorge che sono qui, è la volta buona che mi fa arrestare -

Svoltarono l'angolo e proseguirono fino a quando non furono fuori portata dalle vetrine del locale.

- è quell'uomo corpulento e con la barba poco curata, il nostro commissario? -

- sì, è lui -

- bene, allora senti cosa facciamo: mentre aspetti al caldo

in qualche altro bar, io mi apposto di fianco a lui e cerco di capire che programmi ha. Appena la via è libera ti chiamo. Se le cose dovessero andare troppo per le lunghe, ti invio un messaggio. Tu mi dici dove sei, ti raggiungo e ce ne torniamo da dove siamo venuti -
- va bene -
Si separarono in silenzio. Per la via non camminava nessuno.

Irene lo chiamò dopo circa mezz'ora.
- vieni pure: se n'è andato e per oggi non torna di sicuro -
- te lo ha detto lui? -
- oh, ma certo. Gli ho raccontato che sono la tua ragazza e che ti sto dando una mano a ficcare il naso dove lui ti ha proibito di farlo. Pensa: è stato così gentile che mi ha dato le chiavi di casa del professore e mi ha anche augurato buon lavoro -
- smettila -
- hai ragione, ho esagerato: non mi dovevo permettere di dire che sono la tua ragazza -
- smettila. E poi sono troppo vecchio per averne una. «Donna» andrebbe molto meglio -
- sono troppo giovane per essere una donna -
- davvero? -
- vorrei, ma il tempo non mi ascolta -
- ti ascolto io, invece. Sei sicura che non ci sbuca tra i piedi sul più bello? -
- no, stai tranquillo. Prima di uscire dal locale ha fatto una chiamata a un suo collaboratore: sta andando a Trento. Credo che sia arrivato il referto della polizia scientifica, ma non ne sono del tutto certa: ho sentito solo mezza conversazione -
- è più che sufficiente. Speriamo di non trovare l'appartamento piantonato -

- non credo: ha anche detto che andava a controllare di averne chiuso la porta di ingresso prima di salire in macchina -
- benissimo. Vengo a prenderti. Hai ancora freddo? -
- no, mi è passato -
- peccato, volevo offrirti qualcosa da bere -
- più tardi. A casa. In un momento di pausa -
- da cosa? -
- hai ragione: sei troppo vecchio. Non hai i pensieri giusti
- i pensieri non c'entrano. È una questione di pulsioni -
- ti mancano anche quelle? -
- me lo dirai durante la pausa -

L'appartamento del professor Mela non era l'unico ad affacciarsi sul pianerottolo del secondo piano. Proprio di fronte alla porta, ormai prossima a subire una sgradevole operazione di forzatura, se ne ergeva infatti un'altra, muta e minacciosa, con lo spioncino puntato sul luogo dell'imminente reato.
- se qualcuno ci scopre a trafficare con la serratura, corriamo il rischio di vederci spuntare davanti il tuo amato commissario con la barba arruffata -
- ci avevo pensato -
- pensarci non è sufficiente -
- e ho già trovato il modo di sincerarci che non ci sia nessuno in casa. Aspettami al piano di sopra -
Mentre Irene saliva, Bezzi premette il campanello e attese con l'orecchio incollato alla porta e la testa ben sotto lo spioncino. Non si udì alcun rumore. Suonò una seconda volta e attese. Il risultato fu il medesimo. Fece segno alla donna di scendere.
- e se ci fosse stato qualcuno? -
- ne avrei sentito i passi e ti avrei raggiunto -
- ingegnoso -
- niente di più che uno scherzo da bambini riciclato per le necessità degli adulti -

- bene, adesso lascia fare a me: non credo che da bambino facessi anche questo -

Estrasse dalla borsa una graffetta e una limetta metallica da unghie.

- a questa - disse indicando la graffetta - ci penso io. Tu invece dovresti piegare la limetta ad angolo retto. -

- d'accordo -

L'utensile era piuttosto lungo. Ne posizionò una parte sotto lo scarpone e fece leva con la mano. Cedette facilmente fino a raggiungere la curvatura desiderata. Nel frattempo Irene aveva parzialmente dipanato la graffetta ottenendone una specie di punteruolo dotato di un piccolissimo manico.

- per fortuna è una semplice serratura a cilindro. Certo poco raccomandabile per una città, ma qui mi sembra vada benissimo. E soprattutto va benissimo a noi. Un paio di minuti e siamo dentro -

Inserì la lima e la fece girare lentamente prima in un verso e poi nell'altro, quindi la estrasse rapidamente. Al secondo tentativo la serratura scattò.

- bene: in senso anti orario -

- come? -

- non importa, poi ti spiego, se l'argomento ti interessa. Adesso passami la graffetta -

- ne porti sempre una nella borsa? -

- certo. Non hai idea di quante volte l'ho dovuta utilizzare. È diventata un'abitudine di quelle che non si perdono più -

Inserì nuovamente la limetta nella parte bassa della serratura, girandola impercettibilmente verso destra e immettendo nel frattempo la graffetta nella parte superiore. Poi, mantenendo in tensione la limetta, spinse i perni ad uno ad uno fuori dal cilindro fino a quando, mentre spostava l'ultimo, la girò con decisione verso sinistra.

- prego: vuoi avere tu l'onore di ruotare la maniglia? -

- avevi detto un paio di minuti. Hai impiegato quasi trenta secondi in più -
- è da un po' che non faccio pratica. Vuoi provarci tu oppure entriamo? -
- la prossima volta. Ora muoviamoci -
Attraversarono la soglia prestando attenzione a non danneggiare i nastri del sigillo.
La Polizia si era mossa con discrezione e rispetto: l'appartamento era in ordine, e se pur qualcosa era stato rimosso, nulla sembrava essere fuori posto.
- era un uomo ordinato il professore -
- ordinato e solo - ribatté Bezzi - in bagno ho contato uno spazzolino e un accappatoio. A conferma di quanto ci ha riferito la signora Dantone -
- e, in effetti, ha tutto l'aspetto dell'appartamento di un single: assomiglia molto al mio -
- la mobilia è quasi tutta vecchia - constatò guardandosi attorno - o meglio: presumibilmente della stessa età del professore. Veri e propri scrigni di ricordi, riempiti con chissà cosa... -
- da dove cominciamo a dare un'occhiata, Fulvio? -
- esattamente da dove ci troviamo adesso. Questo salotto era anche il suo studio - indicò un tavolo vicino alla finestra, a fianco di una grande libreria stipata di volumi e riviste - e quindi il centro della sua esistenza. Se c'è, ancora, qualcosa, la troveremo qui, fra le sue carte -
Una macchina da scrivere occupava il centro del mobile, affiancata da un lato da una risma di fogli e, dall'altro, da un blocchetto di carta carbone.
- non esattamente un uomo al passo con i tempi -
- se avessi visto il suo cellulare non ti stupiresti. E poi le sue vetuste abitudini ci tornano oltremodo utili -
- hai ragione: i PC vengono rimossi e sequestrati, cosa che non occorre fare con le macchine da scrivere. Però, non c'è neppure un foglio dattiloscritto in giro: temo che adesso si trovi nell'ufficio di qualche questura locale -

- è così senz'altro, ma a noi rimane il cestino -
La donna lo sollevò per guardarvi dentro.
- anche qui nessun foglio -
- non proprio. Nessun foglio bianco casomai. Ma questo -
aggiunse estraendo un foglio di carta carbone - potrebbe
farne tranquillamente le veci. Il tuo cellulare è dotato di
torcia? -
- sì -
- bene: accendila -
Si avvicinarono alla finestra. Bezzi la spalancò e vi poggiò sopra il foglio mentre Irene si posizionava sul lato opposto dell'improvvisata lastra di vetro.
- punta la torcia per favore -
Emersero una intricata selva di lettere, molte delle quali
sovrapposte e di difficile lettura.
- un bel groviglio di lemmi; ci dovremo faticare parecchio. Per fortuna si leggono abbastanza nitidamente: basterà qualche foto senza dover perdere tempo a ricalcarle.
Evidentemente non deve averlo usato troppe volte, altrimenti non avremmo avuto speranze -
Attivò la fotocamera del suo cellulare e scattò diverse
volte.
- direi che qui abbiamo finito -
- sei tu l'esperto Fulvio -
- a ognuno le sue specialità. A proposito: si accorgeranno
che abbiamo forzato la porta? -
- no: la serratura scatterà in posizione una volta che la
avremo richiusa -
- bene. Andiamocene -

Ormai la temperatura era prossima allo zero e la neve
aveva preso a scendere in fiocchi fitti e pesanti nel cielo
senza vento. Sui marciapiedi si iniziava già ad affondare
e l'aria era tutta dello stesso colore fra il bianco ed il grigio. Lo spazio aveva perso la profondità, appiattito nel silenzio. La giacca di Bezzi sembrava sepolta dalla polvere.

Raggiunsero l'auto il più in fretta possibile, rinunciando a scrollarsi la neve di dosso prima di entrare.

- per fortuna è secca: i tergicristalli dovrebbero essere più che sufficienti a sgomberarci la visuale -

La strada era ancora abbastanza pulita grazie al sale e al continuo via vai dei mezzi spazzaneve. Pur procedendo lentamente, riuscirono a raggiungere l'appartamento senza particolari difficoltà.

- ce l'abbiamo fatta -

- appena in tempo -

- chiudi la porta. Per oggi abbiamo indagato a sufficienza

Capitolo 11

- sveglia Fulvio, è ora di mettersi al lavoro -
- quanta fretta -
- non hai dormito abbastanza? -
- no. E soprattutto non mi sono riposato a sufficienza -
- ma non abbiamo fatto neppure tanto tardi ieri sera -
- non ho né la tua età né tantomeno la tua energia -
Provò a voltarsi dall'altro lato, ma Irene lo trattenne.
Aveva spalancato gli scuri e dalla finestra si vedeva il sole
nel cielo nuovo, senza nuvole. Non c'era altro che bianco:
sulle montagne, sulle case, ai bordi della striscia nera della strada e di quella scura del torrente; sui marciapiedi,
sulla piazza, sui sentieri che portavano fuori dal paese,
verso le pendici dei rilievi e verso i tratti di bosco con gli
alberi ricoperti di neve.
Il paesaggio scintillava in ogni angolo, immenso sotto la
lastra azzurra dell'aria.
- se non scendi dal letto spalanco anche la finestra e ti assicuro che fa freddo -
Si arrese e scivolò contro voglia fuori dal piumino, stanco
ma perfettamente sveglio.
- pensavo fosse più presto. Di solito mi alzo quando inizia a schiarire -
- di solito non hai notti impegnative come quella appena
trascorsa -
- non darlo per scontato -
- non ne ho bisogno -
- non sarai sempre in vantaggio -
- non darlo per scontato -
- mi serve crederlo -
- vieni di là. Ho preparato il caffè. E non solo: non mi hai
sentito uscire? -
- no. Non hai fatto alcun rumore -

- era una delle mie specialità. Quanto mai utile in certi casi -

- non l'hai persa, evidentemente. Chissà quante altre te ne sono rimaste -

- non ne ho idea. E non mi interessa saperlo -

- non pensi che ti annoierai, prima o poi? -

- di cosa esattamente? -

- di quello che sei diventata -

- mi preferivi quando facevo il sicario? -

- non ho detto questo. Mi riferivo solamente a te -

- no, non mi annoierò, perché non sono "diventata". Questa è una tua idea. Sbagliata. Adesso, finalmente, "sono", dopo essere diventata per tanti anni un'altra. Era inevitabile d'altronde: doveva compiersi un ciclo, una fase a cui qualcuno doveva mettere fine -

Lo guardò. Poi gli fece cenno di seguirlo.

- spero di averti preso qualcosa di tuo gusto -

- difficile che qualcosa non lo sia da queste parti -

- avremmo bisogno di immagini più grandi - osservò il commissario mentre rovistava nelle tasche della sua giacca - hai visto il mio cellulare? Se non ricordo male, in piazza dovrebbe esserci un fotografo -

- ricordi bene - gli rispose porgendogli il telefono assieme ad una busta su cui era stampato il logo del negozio appena menzionato.

- ti sei proprio data da fare questa mattina -

- tu dormivi: mi stavo annoiando. Poi così guadagniamo tempo -

- hai fretta di risolvere il mistero? -

- non vedo l'ora -

- senti già nostalgia del mare? -

- no. Ma voglio capire. Tutti lo dipingono come un vecchio amabile ed innocuo, il professor Mela -

- credo che lo fosse, Irene -

- un motivo in più per rendergli giustizia, allora -

- non possiamo farlo noi: non rappresentiamo la giustizia, qui -

- intanto cominciamo con il capire chi e perché lo ha fatto fuori. Il resto lo valuterò al momento opportuno -

- quale resto? -

- se fare o no giustizia -

- un'intenzione, la tua, che può portare ad averla contro, la Giustizia. A me è già capitato, ma mi trovavo dalla parte giusta, quella volta -

- ma allora cosa avresti in mente di fare, esattamente? Limitarti a trovare il colpevole e poi far finta di nulla? -

- non ho detto questo -

- quindi? -

- non ci ho ancora pensato a dire la verità. All'inizio speravo di poter dare una mano, a qualche titolo, alle indagini. Ma, come ben sai, il mio apporto non è particolarmente gradito alle autorità locali -

- se fossi tu al loro posto sarebbe differente? -

- forse no. Un'indagine necessita di un unico titolare, di un solo referente. Ma, certo, se un collega, per quanto fuori dalla sua giurisdizione, mi avesse offerto qualche aiuto o anche solo qualche suggerimento, non lo avrei trattato così -

- ragioni come uno di città, dove tutto è più anonimo, funzionale. Qui prima del risultato conta il contesto -

- l'ho compreso perfettamente. Volcan non avrebbe potuto essere più chiaro ed esplicito in proposito -

- eppure non demordi e continui a indagare -

- e se ti dicessi che se non fossi arrivata tu avrei lasciato perdere? -

- non ti crederei -

- fai bene -

La baciò

- e, allora, perché non demordi? -

Un gatto passò davanti alla finestra del soggiorno. Le zampe affondavano nella neve alta che ricopriva il prato.

Sembrava vi navigasse in mezzo, puntando la testa in direzione della rotta a lui nota. Poi raggiunse la staccionata e spiccò un balzo, sollevando in aria una polvere scintillante di sole. Li osservò alcuni istanti dalla cima del palo su cui era planato prima di mettersi a camminare sulle assi, lieve e silenzioso. Il pelo già quasi asciutto.
- per fare giustizia. Vediamo un po' se queste foto ci possono essere utili -

La situazione si era rivelata più complicata di quanto non fosse sembrato a prima vista.
Su tutta la superficie del foglio si riuscivano a leggere nitidamente solo qualche singola lettera o qualche breve raggruppamento e sequenza di vocali e consonanti. Compariva inoltre, verso la metà del foglio, la cifra 1340 e, all'inizio, la cifra 7.
- questo è tutto, Fulvio? -
- purtroppo sì. Sono visibili e leggibili solo le lettere che sono state impresse negli spazi rimasti vuoti del foglio. Vale a dire dove non sono state impresse altre lettere relative a testi vergati in precedenza. In tutti gli altri casi, la sovrapposizione risulta troppo intricata per riuscire a distinguere alcunché -
- siamo sicuri che le lettere riconoscibili siano quelle che ci interessano? -
- assolutamente no. Possiamo solo sperarlo. Molto dipenderà se riusciremo a ricavarne un testo o almeno delle parole compiute -
- un po' presto per dirlo -
- intanto abbiamo ricopiato tutti i "frammenti". Cominciamo a concentrarci su quelli che sembrano essere presenti sulla stessa riga -
Osservarono quanto il commissario aveva trascritto e copiarono nuovamente, a parte su un nuovo foglio, solo ciò avevano ritenuto utile.

naz   7

Spe   za   li

duato l à sp

so Pian fo n   e

1340 m.   cce

old

ess   iol mol   to

- una riga che sembra terminare con un numero. Cosa potrebbe essere? -
- un aiuto potrebbe fornircelo la riga successiva, Irene, sempre che di riga successiva si tratti. Vedi-proseguì indicandone le prime tre lettere - c'è una parola che inizia con la lettera maiuscola. Possiamo dunque dedurre che dopo il 7 ci fosse un punto, oppure, ancora meglio, che quella cifra sia l'ultima di una data, cosa che non guasterebbe visto che siamo da poco entrati nel 2017 -
- hai ragione, funziona. Una comunicazione formale dunque, che inizia con la data di redazione collocata, come da protocollo, a destra, vicino al margine -
- di solito, proprio parlando di protocolli, la data dovrebbe essere preceduta dal luogo in cui viene redatta la lettera... -

- ...*NAZ*... Ma certo: Canazei, dove abitava il professor Mela -

- *SPE* starà per Spettabile. E fino a qui tutto bene -

- mica tanto: abbiamo decifrato la parte meno utile della lettera: il luogo, la data e la prima parola dell'intestazione. Non sappiamo neanche quale sia il destinatario, per non parlare poi dell'oggetto della comunicazione -

- considerata la vicinanza delle due parole, il destinatario dovrebbe essere quello che contiene la sillaba *ZA*. È *Spettabile*, dunque non si tratta di una persona fisica, ma di un ente di qualche natura -

- l'ultima sillaba di cui disponiamo su questa riga è *li* - aggiunse la donna - la riga sembrerebbe più corta delle altre, che risultano allineate con il 7 della data. Questo sarebbe plausibile immaginando che, terminato di compitare il nome del destinatario, il prof. Mela sia andato a capo, come sarebbe da attendersi -

- infatti. Abbiamo dunque un destinatario che, a meno che non ci siano altre lettere non più visibili, termina con la sillaba *LI* e contiene la sillaba *ZA*. Stimando lo spazio occupato dalla sequenza *ttabile*, necessaria per completare la parola *Spettabile*, dovremmo comunque immaginare un nome molto lungo per il destinatario. Concordi? -

- già confermò percorrendo la riga con l'indice - aspetta un attimo, Fulvio -

Sparì in camera da letto e tornò poco dopo con un segnalibro graduato.

- trattalo bene, l'ho sottratto a mia figlia prima di partire -

- non penso si accorgerà della sua mancanza -

- probabile, ma a me serve. A proposito: hai memorizzato il numero della pagina prima di toglierlo -

- no. Mi è bastato sostituirlo con un pezzo di carta, mentre lo sfilavo -

Misurò qualche lettera.

- più o meno l'ingombro è costante. Con qualche approssimazione, possiamo dire che il nome del destinatario doveva contare fra le trenta e le quaranta lettere -

- assolutamente troppe per una sola parola. Calcolando anche le spaziature fra una e l'altra, dobbiamo supporne almeno quattro o cinque -

- siamo in alto mare -

- abbondantemente. Almeno fino a quando non riusciremo a circoscrivere i possibili destinatari -

- e come possiamo fare a restringere il campo delle ipotesi? -

- disponiamo di due supporti, se così li vogliamo chiamare. Il resto del testo - gettò un'occhiata poco convinta al foglio - e l'elenco, breve, degli altri numeri di telefono che mi hanno fornito dal commissariato -

- se li incrociamo... -

- e se siamo molto fortunati, oltre che molto bravi... -

- forse riusciamo a fare qualche significativo passo avanti o addirittura a decifrare tutto il testo -

- anche molto ottimisti allora -

- non ti piacciono più gli enigmi? Ricordavo diversamente -

- non quando mi trovo a disporre di mezzi di indagine limitati -

- hai paura di arrivare dopo il commissario Volcan?-

- ne sono praticamente certo -

- non perdiamo tempo allora. Vediamo un po' gli altri numeri di telefono -

Il primo risultò del tutto inutile; corrispondeva a quello di una rosticceria piuttosto rinomata presso i turisti e la popolazione locale. Una struttura di legno con prospicienti alcuni tavolacci, disposti sullo slargo di una strada stretta e ripida, in un paese non molto distante dal loro, collocato lungo il percorso che portava a quello del professore. Si recarono sul posto per scrupolo, ma non ricavarono nulla di utile oltre a due ottimi piatti di würstel e crauti accompagnati da patate al forno e purea di barbabietole.

Mela aveva chiamato il proprietario del locale la mattina del suo ultimo giorno di vita per ordinare qualcosa per pranzo, ma questi non ricordava esattamente cosa, essendo trascorsi ormai cinque giorni. Era passato a ritirarlo verso mezzogiorno e poi nient'altro.

Oltre al fatto che era morto, ovviamente.

- ve la ha suggerita il professor Mela la mia rosticceria? -
- eh sì, proprio così -
- lo conoscevate bene allora -
- no - si intromise Bezzi - lo avevamo incontrato a Canazei per caso. In un bar se non ricordo male. Vero, cara? -
- sì. Gli avevamo chiesto se potevamo sederci al suo tavolo perché il locale era pieno -
- una persona davvero gentile e simpatica -
- che ci ha suggerito i posti migliori della zona... -
- beh, spero allora che il pranzo sia stato di vostro gradimento -
- eccellente -

Pagarono il conto e tornarono in macchina.

- ce la stiamo cavando sempre meglio ad improvvisare -
- una coppia perfettamente affiatata -

Mise in moto e si diresse verso la meta successiva. Le ruote scricchiolavano sopra il fondo nevoso, nonostante gli spazzaneve e i camion spargisale che continuavano a percorrere le strade.

Con il secondo numero le cose andarono meglio. Si trattava di un'enoteca nelle vicinanze dell'appartamento della vittima.

- immagino dovesse essere un cliente assiduo -
- lo darei per scontato, Fulvio. Cosa possiamo inventarci per raccogliere qualche informazione? -
- lascia fare a me. Sfrutteremo proprio il fatto, o meglio l'ipotesi, che fosse un habitué del negozio -

L'esercizio aveva da poco riaperto al pubblico, dopo il lungo intervallo del pranzo. Il sole batteva sulle vetrine nascondendone il contenuto in un abbaglio circonfuso di giallo e arancio dentro cui galleggiava la sagoma indistinta di qualche bottiglia. Addossato al marciapiede correva uno spesso cordolo di neve compatta, interrotto in corrispondenza dei punti di passaggio. Davanti alla porta di ingresso il suolo era completamente sgombro e asciutto.

Un campanello tintinnò mentre entravano e dal bancone con il registratore di cassa si alzò un uomo imponente e sovrappeso che li accolse con un sorriso gioviale.

- buongiorno signori -
- buongiorno a lei - rispose Bezzi
- posso esservi utile? -
- vorremmo dare un'occhiata -
- prego, fate con comodo. Se avete bisogno sono qui -

Si allontanò di alcuni passi, rimanendo in piedi vicino alle vetrine.

Tergiversarono per qualche minuto, fingendo di esplorare il contenuto degli scaffali. Vi si trovavano vini di varie regioni, con un'ovvia prevalenza del Trentino-Alto Adige. La maggior parte delle etichette erano note al commissario, ma un buon numero rappresentavano anche cantine e produzioni molto meno commerciali. Un posto per intenditori, oltre che per turisti in cerca di souvenir.

Era venuto il momento di passare all'azione.

- niente da fare: non me lo ricordo, cara - proferì a voce abbastanza alta, condendo l'affermazione con un tono di rassegnato rammarico.

- cercavate qualcosa in particolare? -

L'uomo si era di nuovo avvicinato, pronto a cogliere l'opportunità di vendita affacciatasi dalla frase appena pronunciata.

- invero sì. Ma non riesco a fare mente locale su quel nome... -

- riesce a fornirmi qualche informazione in più? Sono sicuro che ce la faremo a trovare la bottiglia che state cercando -

- è un vino delle vostre parti, ma ce ne sono tanti, vedo... -
Il negoziante snocciolò una sfilza di nomi fra i quali Bezzi finse di smarrirsi.

- può darsi sia uno di questi, ma proprio non riesco a ricordare -
- vuole che le suggerisca qualche cosa io? -
- anche, volentieri. Ma prima vorrei trovare quel vino. Me ne ha parlato così bene e mi ha suggerito caldamente di venire ad acquistarlo qui -
- chi glielo ha suggerito, se posso chiedere? -
- ma certo che può! - esclamò il commissario battendosi una mano sulla fronte - anzi: forse questo potrà aiutarci nella nostra ricerca -
- di chi si tratta dunque? -
Una coppia anziana indugiò nei pressi della vetrina per alcuni istanti, cercando di individuarne il contenuto. L'uomo li osservò e poi tornò a rivolgere l'attenzione allo spaesato cliente, una volta che ebbero ripreso il cammino lungo il marciapiede.
- ci aveva raccontato di essere un professore e un esperto di vini. Il nome è "Angelo" se ricordo bene. Il cognome non ce lo ha detto -
- non serve - osservò mestamente - ho capito benissimo di chi si tratta. Era il professor Mela. Un amico, oltre che un affezionato cliente. Purtroppo è successa una cosa terribile... -
- caro - si intromise Irene per evitare di sentirsi raccontare per l'ennesima volta del funesto omicidio - deve essere quella persona di cui abbiamo letto qualche giorno fa sul giornale locale. Parlavano di un omicidio -
- proprio così. Il professor Mela è stato ucciso -
- sappiamo già tutto allora. Siamo costernati -
- afflitti. Sembrava davvero una persona gentile e gioviale
- lo era -

Il campanello tintinnò: una donna con la divisa da maestro di sci entrò nel locale, salutando il proprietario a voce alta.

- torno subito da voi -

Salutò a sua volta la cliente e le impacchettò una bottiglia di grappa. L'accompagnò all'uscita e si ripresentò.

- è stata una grande perdita per tutti noi -

- si capisce. Speriamo trovino il colpevole -

- speriamo davvero -

- come le dicevo, è stato lui a indirizzarci nel suo negozio. Ci ha detto "questo è un vino eccellente e lì potrete trovarlo. Altrove non credo" -

- si ricorda almeno se era bianco o rosso? -

- rosso - tentò Bezzi sulla base dei suoi gusti personali, sperando fossero affini a quelli della vittima.

- be' di quelli era davvero un grande intenditore. Da quanto mi ha riferito, mi sembra di capire che vi abbia suggerito qualche etichetta particolare e poco diffusa -

- infatti -

- allora credo di aver capito di cosa si tratta. È un Teroldego in purezza - estrasse una bottiglia dallo scaffale più vicino e gliela mostrò - un vino eccellente, prodotto da una azienda poco nota, in quantità limitata. Per veri intenditori. Ultimamente me ne aveva commissionate diverse bottiglie -

- chissà perché... -

- diceva che stava svolgendo delle ricerche su vitigni di Teroldego coltivati in altura. E questo è uno di quelli di altitudine maggiore, se non il più elevato di tutti -

Un sorriso si impresse sul volto del commissario.

- allora, adesso si è ricordato? È questo il vino di cui le ha parlato Angelo? -

- senza ombra di dubbio -

Il sorriso non aveva fatto una piega. Al negoziante non restò che interpretarlo nel modo più remunerativo

- quindi è interessato ad acquistare la bottiglia... -

- altroché -
- perché, sa, è un po' cara... d'altronde non è certo un prodotto per tutti -
- quanto cara? -
Gli disse il prezzo
- molto cara… -
- magari le può interessare qualcos'altro... -
- ma non troppo. Ne prendo due bottiglie -
- ma caro, che follia! -
- tesoro, abbiamo di che brindare -
- come non crederti... tu sai sempre a cosa brindare -
- desiderate altro? -
- mi sembra che così possa bastare, almeno per il momento -
- bene, allora gliele impacchetto. Avete dei calici adatti a servirlo? -

Capitolo 12

Iniziava ad imbrunire e nella via la luce si andava spegnendo in tinte cristalline e terse. Il contenuto delle vetrine era ora ben riconoscibile ed esibiva un assortimento accattivante di bottiglie a prezzi accessibili per quanto non bassi. L'aria cominciava a profumare di legna nel camino e a puzzare di smog delle macchine di ritorno dalle piste. Circolavano ancora poche persone, la maggior parte dirette alle proprie camere di albergo o agli appartamenti presi in affitto, piuttosto che nei bar dove ritemprarsi con qualche bevanda calda. Una lunga scia di luci di posizione procedeva a singhiozzo lungo la strada principale in entrambe le direzioni.

- allora, cosa hai scoperto Fulvio? -

- una cosa del tutto evidente, se avessi prestato maggiore attenzione agli indizi di cui già disponevo -

- ha a che fare con la lettera immagino -

- certo. E ci consente di ricostruire almeno una parola, una sigla, nonché il significato del numero 1340 -

- niente male -

- già -

- adesso però spiegati come si deve, per favore -

- d'accordo. Facciamo innanzitutto un passo indietro alla sera del delitto. Dopo aver lasciato il teatro sono andato a mangiare qualcosa in un'enoteca lì vicino, dove ho avuto modo di scambiare qualche parola con la proprietaria del locale. Verso la fine, quando stavo per andarmene, il discorso è caduto sul professor Mela -

- caduto? -

- diciamo che ho fatto in modo che ci scivolasse. Ancora non si era saputo nulla di quello che era accaduto a quel poveraccio. Insomma, per fartela breve, la loquace

signora mi ha riferito che il professore era molto appassionato di Teroldego e che spesso le ripeteva che quel vino gli avrebbe un giorno dato grandi soddisfazioni -
- È tutto? -
- no, per fortuna. Il giorno successivo, questa volta grazie alle informazioni fornite dal nostro amato commissario Volcan, ho fatto una lunga pedalata fino al passo San Pellegrino, per conoscere la proprietaria, un po' originale, di un allevamento di bovini. Ti interessano i dettagli dell'incontro? -
- no grazie, per il momento mi accontento dell'essenziale per il caso -
- questa signora, che corrisponde al nome di Adelaide Felicetti, mi ha riferito quello che anche la signora Dantone ci ha riportato, cioè che Mela era solito girare avanti e indietro per la valle per svolgere le sue ricerche e i suoi studi. Con un'importante e significativa aggiunta però -
- cioè? -
- che, pochi giorni prima dell'omicidio, lo aveva incrociato lungo la strada, qualche curva sopra l'inizio del paese... -
- Teroldego! questa è la parola che si cela nella sequenza *OLD*e 1340 indica un'altitudine -
- esattamente! Ipotesi, quest'ultima, dimostrata dalla micro sequenza *M.* che sta per metri sopra il livello del mare, la cui sigla è appunto *m s.l.m.* -
- un discreto passo avanti direi -
- già. Ma siamo ancora in alto mare -
- ma anche un po' più vicini a riva -
- se non smarriamo la rotta -
- come possiamo fare a mantenerla? -
- ci serve una mappa -
- potresti utilizzare un linguaggio meno metaforico? -
- non lo sto utilizzando. Ci serve davvero una mappa. O una carta geografica, se preferisci -

- perché? -
- credo che la lettera contenga il riferimento a qualche località che si trova appunto all'altitudine menzionata nella medesima -
- e dove possiamo procurarcela una carta abbastanza dettagliata da tornarci utile? -
- non lo so di preciso. Pensavo alle carte escursionistiche -
- mi sembra materiale più estivo che invernale -
- senza dubbio. Magari ne hanno tenuta da parte qualcuna in qualche libreria o in qualche edicola. Proprio in paese, affacciata sulla piazza... -
Non terminò la frase.
- tutto a posto Fulvio? -
La trascinò per un braccio fino alla svolta della via.
- da chi ci stiamo nascondendo? -
- lo vedi quell'uomo con il cappello e la giacca blu? -
Annuì.
- è l'addetto alla biglietteria del teatro dove è stato ucciso Mela. Piero Ciocchetti all'anagrafe trentina -
- magari abita da queste parti -
- no. Abita nel paese dove alloggiamo noi. Lo so perché lo ho seguito fino a casa sua -
- come mai? -
- volevo capire come si chiamasse -
- ti è servito? -
- forse sì. O forse no. Ancora non lo so. Ma adesso non ho tempo di spiegarti -
- e vuoi pedinarlo di nuovo? -
- esattamente. Magari riusciamo a capire cosa è venuto a fare qui -
Ciocchetti camminava lentamente per la via ormai quasi buia. Quando ebbe raggiunto il portone del professor Mela si arrestò. Un altro uomo, non molto alto e di corporatura snella e nervosa, lo raggiunse poco dopo e gli allungò un buffetto sulla spalla. Poi i due iniziarono a parlare, ma dal punto in cui si trovavano Irene e il

commissario non era possibile capire cosa si stessero dicendo. Provarono ad avvicinarsi di qualche passo fingendo di osservare la vetrina di un negozio di articoli sportivi.

- ...inutile Piero -

Non riuscirono a sentire altro perché i due uomini si incamminarono a passo svelto verso la strada principale. Le auto scorrevano lente; alcuni vigili regolavano il traffico agli incroci con le viabilità secondarie. Le aree di parcheggio si andavano saturando velocemente mentre i locali si affollavano di sciatori con le guance arrossate e le mani screpolate. La neve ai bordi della carreggiata era diventata marrone. Proseguirono per qualche decina di metri e poi presero una via in discesa che conduceva a uno spiazzo pianeggiante. Probabilmente un giardino, completamente ricoperto da un manto bianco, duro e scivoloso.

La zona era completamente deserta e poco illuminata. Nel silenzio i passi sulla crosta compatta risuonavano inequivocabilmente. Dovettero fermarsi e concedere ai due uomini un vantaggio maggiore, riprendendo a muoversi quando questi erano ormai fuori dalla portata visiva, al margine dello spiazzo buio. Una stradina risaliva lungo la costa e poi in piano per un ampio tratto, oltre il confine amministrativo del paese, mantenendosi bassa. I lampioni sulla statale gettavano una debole eco di luce malferma sul crepuscolo.

- così distanti rischiamo di perderli -

- lo so, ma non possiamo avvicinarci di più. Per fortuna sono abbastanza allenato nei pedinamenti -

Raggiunto un ponticello di legno lo attraversarono, lasciandosi alle spalle il torrente.

Un tratto esteso di bosco si distendeva poco più a monte seguendo la direzione della valle. Abbandonarono la stradina e vi scomparvero dentro poco dopo.

- e adesso, Fulvio? -

- adesso sarà ancora più difficile seguirli. Ma a provarci non abbiamo nulla da perdere -
- comincio ad accendere la torcia del cellulare. Credo proprio che ci servirà -
- purtroppo sì, perché ci rende anche visibili -
- loro invece non sembrano averne bisogno -
Osservarono il bosco: gli alberi ridotti a ombre, la neve spenta. Neanche un puntino luminoso nell'oscurità.
- cosa saranno venuti a fare qui? -
- non ne ho la minima idea Irene -
Raggiunti a loro volta i primi alberi, puntarono a terra le torce di fortuna per perlustrare il terreno.
- qui, Fulvio. Dovremmo esserci -
Illuminò una doppia serie di impronte affiancate che si addentravano verso monte. Sembravano fresche e attorno non ve ne erano altre, ad eccezione delle orme di qualche animale di piccola taglia.
- seguiamole -
Il tracciato proseguiva diritto per alcune decine di metri, poi svoltava a destra verso un assembramento fitto di pini. Si fermarono nuovamente e stettero in ascolto. Un lieve rumore di passi proveniva da non molto distante. Ripresero a muoversi avanzando con cautela, chini sul terreno bianchissimo. Nel buio denso luccicavano solo le loro modeste torce. Un animale emise un verso stridulo e penetrante. Delle ali frullarono fra le chiome aghiformi.
Bezzi fece un cenno ad Irene: le impronte si erano ridotte a un'unica serie. Dell'altra non vi era più traccia. Udirono dei passi affrettati e precipitosi: uno dei due uomini stava correndo, per quanto le condizioni del suolo lo permettessero.
- spostiamoci di qui, Fulvio - gli sussurrò all'orecchio tirandolo per la giacca, ma troppo tardi.
Un'ombra si avventò da un ramo rovinando sopra di loro. Poi scomparve nella notte.
- stai bene Irene? -

- sì, mi ha colpito sul collo ma la sciarpa ha attutito l'impatto. Tu? -

- mi ha preso allo zigomo. Chiunque fosse ha la mano pesante -

- non era Ciocchetti? -

- no: lui mi sembra troppo esile. O magari sì - rifletté massaggiandosi nel punto dove l'uomo lo aveva colpito - potrebbe essere Ciocchetti: ma non Piero -

- e chi allora? -

- suo fratello -

Capitolo 13

- ti sveglierai con un occhio nero domattina -
- e anche con un bel bernoccolo. Ma ne è valsa la pena, penso -
- credi che abbiamo fatto un passo avanti? -
- direi che è altamente probabile -
Si trovavano in macchina, diretti verso casa. Durante il tragitto dal bosco al parcheggio Bezzi le aveva raccontato del fratello di Ciocchetti, il cui nome di battesimo gli era ancora sconosciuto. Un emarginato, rissoso e attaccabrighe, abituato a un utilizzo non esattamente pacifico delle mani e degli altri arti terminali. E il loro aggressore ci sapeva fare: li aveva colti di sorpresa e messi fuori gioco quel tanto che gli era bastato per fuggire indisturbato, evitando di protrarre lo scontro fisico ed aumentare di conseguenza il rischio di avere la peggio.
- si devono essere accorti presto che li stavamo seguendo – proseguì - d'altro canto non era difficile in luoghi così isolati e aperti come quelli che abbiamo attraversato. Hanno lasciato che continuassimo a pedinarli per poterci condurre nel bosco -
- si sarebbero potuti liberare di noi anche prima. Gli bastava separarsi e proseguire per strade diverse -
- forse non volevano semplicemente seminarci, quanto meno all'inizio. Forse volevano "neutralizzarci" in modo più o meno definitivo. Ma poi debbono aver cambiato idea. Probabilmente sono riusciti a identificarci per quello che siamo: due sconosciuti, non del posto -
- quindi due soggetti poco o per nulla pericolosi -
- infatti -
- pericolosi in merito a qualcosa che hanno commesso? -
- la mia ipotesi è appunto questa. Ritengo che i fratelli Ciocchetti possano avere a che fare con la morte del

professor Mela. Diversamente non mi spiegherei il loro comportamento -
- e inoltre, considerando le modalità dell'omicidio... -
- il fratello del nostro bigliettaio si presterebbe benissimo a svolgere il ruolo dell'assassino -
- concordo: potremmo essere a buon punto -
Gli stampò un bacio sulla bocca e poi gli accarezzò delicatamente lo zigomo contuso
- credi di amarmi? -
La domanda di Bezzi giunse a bruciapelo. La risposta fu altrettanto rapida.
- non è questo il momento di parlarne. E poi domandalo prima a te stesso -
- l'ho già fatto -
- anche io -
- hai la risposta? -
- sì, ma è impossibile dirtela. Tu? -
- anche, e mi addolora saperla -
- impossibilità e dolore sembrano essere strettamente connessi nel nostro caso -
- già: uno genera l'altro. Ma nessuno dei due nega la sostanza che li determina -
- forse un giorno da questa sostanza, come la chiami tu, nascerà un altro abbinamento. Avrei in mente "possibile" e "felicità" -
- forse. Speriamo che accada -
- o forse sta già accadendo e non riusciamo a comprenderlo -
- forse -
- concentriamoci su argomenti più semplici: potremmo avere l'esecutore del delitto, però siamo ancora al buio sul movente -
- assolutamente; tuttavia abbiamo la nostra lettera da terminare di decifrare e gli ultimi due numeri telefonici da chiamare. E, forse, anche un'allevatrice di bovini da andare a trovare -

- da quale cominciamo? -
- da nessuno dei tre: è tardi e sono stanco -
- hai in mente attività alternative? -
- ho fame -
- non dubitavo -
- e... -
- non dubitavo neppure di questo -
- hai un grande intuito -
- parlerei più che altro di una significativa comunanza di intenti -
- pazienta ancora un paio di chilometri. Siamo quasi arrivati -
- non ho fretta -
Nel cielo c'era una notte immensa e senza luna.

- è un centralino generico -
- corrispondente a? -
- l'università di Trento -
Erano ancora a letto nonostante la campana avesse da poco battuto il nono rintocco. Bezzi aveva allungato la mano sul comodino per afferrare il cellulare e comporre il penultimo numero di cui disponevano. Irene gli era sdraiata a fianco con la pelle calda a contatto della spalla e della gamba, il braccio allungato sul petto. La stanza era avvolta dal tepore del termosifone, ma fuori faceva molto freddo. Qualche spiffero di aria gelata trapelava dalla porta di ingresso.
- non mi sorprende. Per quanto in pensione, è normale che un professore mantenga i rapporti con il proprio ateneo -
- la chiamata risale al giorno prima del delitto. Se potessimo avere la certezza che sia collegata alla stesura della lettera... -
- immaginiamo che sia così e proviamo a ragionare -
- d'accordo. Come ti dicevo, il numero corrisponde al centralino generico. Infatti mi hanno subito chiesto con

quale interno desiderassi essere collegato. Domanda che avranno fatto anche a Mela -

- il dipartimento di Storia? -

- possibile, così come quello di sociologia -

- Aspettami: vado a prendere la trascrizione della lettera -

Tornò poco dopo con un vassoio che, oltre al foglio, conteneva anche due tazzine di caffè. Lo bevvero con calma e poi si misero a studiare il testo.

- nelle poche lettere di cui disponiamo, non sembra esserci traccia né della parola "storia" né di quella "sociologia", Fulvio -

- manteniamo comunque la nostra ipotesi di partenza: qualche dipartimento o struttura deve essere citata nel testo -

- ce ne saranno tanti... e se provassimo a dare un'occhiata al sito dell'università? -

- buona idea, anche se si prospetta un lavoro lungo e faticoso -

- ci prenderemo tutte le pause che occorrono -

Scivolò sopra di lui per spiegare meglio cosa intendesse.

- di già? -

- aiuta la concentrazione -

Quando ebbero terminato il laborioso intermezzo, al fine di procrastinare quello successivo di un intervallo di tempo ragionevole, stabilirono di spostarsi nel soggiorno, dove presero posto all'ampio tavolo quadrato, di solido legno massiccio. La mattina era luminosissima tanto che, nonostante l'esposizione non ottimale dell'appartamento, non fu necessario accendere alcuna luce per illuminare a dovere il piccolo foglio annotato. Dalle finestre le montagne scintillavano nella lontananza azzurra. Il sole batteva alto e placido, senza intaccare il freddo intenso.

Decisero di iniziare dall'intestazione della lettera, verificando quali dipartimenti e centri contenessero entrambe le sequenze *ZA* e *LI* in successione, o almeno una di queste nella posizione corretta, requisito che valeva soprattutto per quest'ultima, con la quale doveva terminare la riga. Fortunatamente il sito dell'università di Trento, oltre risultare chiaro e facilmente consultabile, si rivelò essere stato ben ottimizzato per i device portatili, di cui il cellulare di Bezzi costituiva un dignitoso esempio. Navigando appunto nel menù Dipartimenti e Centri riuscirono a ricavare alcune evidenze.

Contenevano la sequenza *ZA* i dipartimenti di:
- Giurisprudenza
- Ingegneria e Scienza dell'Informazione
e i centri:
- Europeo di Eccellenza Jean Monnet
- Universitario di Eccellenza per la Difesa Idrologica dell'Ambiente Montano
Ma in nessuno di questi era compresente la sequenza *LI*né in posizione finale né altrove.

Non andò meglio con quest'ultima, la quale compariva:
- nel centro Agricoltura, Alimenti, Ambiente
- nella Scuola di Studi Internazionali
l'unica, quest'ultima, a presentare *LI* in posizione finale, ma priva, come quella precedente, della sequenza *ZA*.

- anche volendo ipotizzare un refuso da parte del professore, che abbia prodotto *ZA* invece di *AZ*, mi riesce difficile ipotizzare come destinatario la Scuola di Studi Internazionale: mi sembra poco affine ai suoi interessi enologici -
- già, Fulvio. Peccato anche per il Centro di Agricoltura, Alimenti, Ambiente, che pertinente lo sarebbe eccome. Ma, anche supponendo che Mela abbia abbreviato l'intestazione, omettendo la parola Ambiente, rimane comunque l'assoluta mancanza della sequenza *ZA* -
- che ci avrebbe fatto molto comodo... -
- perché non proviamo a verificare anche le altre sequenze di cui disponiamo? -

- buona idea. Non abbiamo individuato il destinatario della lettera, ma forse identificheremo qualche nominativo che ti permetterà di ricostruirlo -

Dopo aver escluso le singole lettere *L*, *N*, *E*, di fatto non utilizzabili in alcun modo, si concentrarono sulle dieci rimanenti, processandole piuttosto rapidamente grazie alla funzione di ricerca nel testo.

- Cominciamo dalla prima, *DUATO*. Non risulta alcuna occorrenza - constatò il commissario

- anche À non ci è utile - proseguì Irene - Ricorre ovviamente nel logo "Università" e nel "Centro Studi sui Demani Civici e le Proprietà Collettive". In quest'ultimo caso, risulterebbe compatibile con la *L* che la precede di poco e con la quale potrebbe formare l'abbinamento "le Proprietà", ma non rimarrebbe tuttavia spazio, a precedere, per "Demani Civici" data la vicinanza della sequenza *DUATO* e, a seguire, neppure per "Collettive", a causa di quella quasi contigua (7/8 lettere) di *SP*, con la quale dovrebbe avviarsi a conclusione la riga -

- inutili anche *SP* e *SO*. Quest'ultima presente nel "Dipartimento di Lettere e Filosofia", generico, poco pertinente e, soprattutto, con *SO* troppo vicino a *PIAN* per poterci infilare anche un'ipotetica FIA. *SP*, addirittura, compare solo nel "Centro Sportivo Universitario" con il quale non vedo cosa Mela potesse avere a che fare -

- anche per *PIAN* nessuna ricorrenza, mentre *FO* compare nel "Dipartimento di Ingegneria e Scienze dell'Informazione, con però *N* troppo vicina a *FO* per poter formare INFORMAZIONE e con troppo poco spazio fra *PIAN* e *FO* per poter ammettere l'abbreviazione "Ingegneria e Scienza dell'Inf". Ci sarebbe poi una seconda occorrenza della sequenza nel "Center for Computational and Systems Biology", ma con i soliti problemi di spazio rispetto a *PIAN* e *N*, anche facendo ricorso ad eventuali abbreviazioni -

- *CCE*, presenta le stesse ricorrenze della già analizzata

ZA, vale a dire in "Centro Europeo di Eccellenza Jean Monnet" e in "Centro Universitario di Eccellenza per la Difesa Idrologica dell'Ambiente Montano"; quest'ultimo di per sé interessante, ma dovremmo supporre un lungo sforamento della riga, dal momento che quella successiva dovrebbe iniziare con "Teroldego". E poi non vi sarebbe abbastanza spazio dopo la *M.* di *1340 m s.l.m.* che abbiamo ragionevolmente ricostruito -

- *TO* possiamo lasciarlo perdere, dal momento che ricorre nel termine "Dipartimento" che di per sé non ci è di alcuna utilità. Rimangono dunque *ESS*, di cui non vi è alcuna ricorrenza e *IOL*, presente sia in "Dipartimento di Sociologia e Ricerca Sociale" sia in "Centro di Biologia Molecolare", dove quest'ultimo ci consente di identificare anche la sequenza *MOL*, in quanto l'unica che ha senso, e spazio adeguato, accanto a quella *IOL* -

- il Centro di Biologia Molecolare... Cosa aveva a che farci Mela? -

- non lo so, ma dobbiamo scoprirlo -

Qualcuno bussò alla porta.

Capitolo 14

Lo spioncino restituì l'immagine di un volto noto, accigliato e impaziente nella luce della tarda mattinata.
- non sono presentabile in questo momento. Potrebbe ripassare più tardi? -
- no -
- le toccherà attendere un po' allora. Non fa troppo freddo? -
- sarà freddo per lei, forse. Io ci sono abituato -
- se proprio le piace starsene lì... farò il prima possibile -
- non mi serve che indossi l'abito della festa -
- quello non ce l'ho. È più un'usanza da paese... -
- siamo, anzi, si trova in un paese. E ci è rimasto per troppo tempo -
- è venuto a consegnarmi una notifica di confino? -
- lo vedrà appena mi avrà aperto -
- allora mi permetta di allontanarmi dalla porta: i vestiti non li tengo riposti nell'ingresso -
- impiega sempre così tanto tempo a fare cose tanto semplici? -
- solo quando non mi va di farle -
- è scortese -
- non più di lei -
- si muova -
- attenda. Per cortesia -
Fece cenno a Irene di seguirlo in camera da letto e chiuse la porta.
- preferisci dileguarti prima che lo faccia entrare? -
- perché dovrei? -
- ehmmm... la tua fedina penale non è esattamente immacolata -
- lo sai che ho chiuso con quella vita -
- sì, ma le tracce tendono a rimanere. Anzi, a livello legale, direi che sono quasi indelebili -

- credi davvero che sui documenti che mi sono portata dietro ci sia il mio vero nome? -
- come devo chiamarti allora? Giusto per evitare qualche drammatico contrattempo con il commissario se decidesse di curiosare nel tuo passaporto -
- Irene. Ovviamente. Ho fatto cambiare solo il cognome - Glielo disse
- ora sei più tranquillo? -
- non molto. So come ragiona un poliziotto -
- non credo che la fama delle mie nefande azioni sia arrivata fin qui. Anche perché non sono in molti a conoscere il mio volto. Anzi, fra le forze dell'ordine l'unico che beneficia di questo privilegio sei tu. Il tuo collaboratore mi ha visto solo di spalle -
- d'accordo: rimani. Vestiamoci in fretta -
- pensavo volessi farlo aspettare -
- è vero. Ma adesso non vedo l'ora di presentartelo -
- ci tieni davvero tanto? -
- prima entra e prima uscirà. Spero -

Non indossava l'uniforme, ma un semplice paio di calzoni di fustagno color terra e una giacca rossa, sotto la quale spiccava una camicia di flanella a riquadri rossi e neri. Non portava guanti né cappello nonostante il freddo intenso. Sulle guance arrossate spiccava una rete violacea di capillari, la barba era rigida e scomposta. Bezzi si affrettò a richiudere la porta in faccia al gelo.
- vuole darmi la giacca? - gli domandò Irene
Accondiscese porgendogliela con un gesto secco ma non scortese e pronunciando un educato
- buongiorno signora -
Contrariamente a quanto si era aspettato non gli domandò se fosse sua figlia né chi altro potesse essere. Aveva semplicemente preso atto della sua presenza; probabilmente ne era al corrente.
- gradisce qualcosa da bere? Stavamo giusto preparando

il caffè -

Bezzi le lanciò un'occhiata perplessa.

- ne prendo volentieri una tazza se non è di disturbo. Grazie -

- ma si figuri! Prego, si accomodi. Fulvio, mi aspettate in soggiorno intanto che metto la caffettiera sul fuoco? -

Lo sguardo del commissario si fece ancora più perplesso, ma non controbatté nulla.

- venga -

Lo seguì lungo il brevissimo corridoio di ingresso che sfociava nell'ampio vano. Sul lato opposto si apriva la porta finestra dalla quale Volcan era entrato la volta precedente.

Si sedette di spalle alla luce, proiettando un'ombra allungata sul tavolo. Il materiale di indagine che poco prima ne ingombrava la superficie era stato rimosso e nascosto in uno dei mobili della cucina. Ora c'era solo una caraffa d'acqua e due bicchieri.

- potevate anche lasciarle sul tavolo -

- prego? -

- le cose che avete tolto: potevate anche lasciarle lì. Non mi sarei messo a curiosare. Non mi serve -

- non capisco di cosa stia parlando -

- i bicchieri sono perfettamente asciutti, la condensa della caraffa è ancora fresca. Sulla tovaglia c'è un alone di umidità. Ce li avete appena messi tutti e tre -

Bezzi non ribatté alcunché. Volcan lo osservava senza parlare.

- vuole gradire, intanto che viene pronto il caffè? -

Irene era comparsa dalla cucina con un piatto pieno di biscotti alla cannella. Alzò lo sguardo e le fece un cenno di assenso, lasciando che posasse il piatto al centro della tavola.

- grazie -

- di nulla. Ritorno tra un attimo -

La caffettiera aveva iniziato a borbottare. Volcan e Bezzi

tornarono a guardarsi.

- voglio andare subito al sodo, commissario -

- prego, commissario. La ascolto - ribatté frantumando con delicatezza un biscotto.

- lei non ha ascoltato e non si è attenuto a quanto le avevo espressamente chiesto -

- lei dice? -

- non lo dico solo io: lo confermano anche altri. Le occorre qualche nome? -

- se ritiene che serva a corroborare le sue argomentazioni... -

- la signora Luisa Dantone può essere sufficiente? O vogliamo aggiungere il signor Giorgio Micheluzzi? -

- chi? -

- il proprietario dell'enoteca dove lei e la sua cortese amica avete fatto un bel po' di domande, così come le avete fatte a casa di Luisa -

- stiamo sempre parlando di azioni legali, proprio come l'ultima volta che ci siamo visti -

- ma gli avete raccontato un sacco di balle per farvi rispondere! -

- la nostra parola contro la loro -

- non ho voluto dire loro chi lei sia in realtà per evitare di farli preoccupare... -

- la ringrazio -

- ...ma voglio che la smetta di ficcare il naso nelle nostre faccende. Non ha titolo per farlo, e neppure un valido motivo -

- non posso prometterle nulla, soprattutto a vuoto -

- non deve promettere, ma obbedire -

- ho smesso di obbedire alla fine dell'infanzia -

- e poi - proseguì cambiando improvvisamente argomento - come faceva a sapere di Giorgio e Luisa? Dove ha preso le informazioni necessarie? -

- lo afferma anche lei, commissario: sono posti piccoli, dove tutti conoscono tutti... -

- la smetta! -

- anche io ho in miei metodi di indagine, che di solito funzionano. Così le può andare meglio? -

- no! Lei deve essere entrato in possesso di qualcosa che le ha consentito di individuarli e incontrarli. E voglio sapere di cosa si tratta! - tornò ad osservare il tavolo, la caraffa e i due bicchieri

- le è venuta sete? A furia di urlare... -

- cosa avete rimosso dal tavolo? Cosa c'era sopra prima che entrassi? -

- ha detto che non voleva curiosare, per cui... -

La replica di Bezzi venne interrotta dalla nuova comparsa di Irene che, senza la minima esitazione, si era frapposta tra i due litiganti. Contrariamente alle aspettative di entrambi, tuttavia, non reggeva fra le mani il vassoio con le tazzine da caffè, la zuccheriera e tutti gli altri abituali annessi di posateria, bensì il libro di cui la signora Dantone li aveva omaggiati due giorni addietro.

- Fulvio, scusa se mi intrometto, ma credo che il commissario abbia ragione a voler sapere cosa stavamo facendo prima che lui arrivasse -

Bezzi non replicò alcunché, limitandosi a lasciarle la parola e a riempire uno dei due bicchieri.

- capisco la sua irritazione, signor Volcan. Posso chiamarla così? -

Le rivolse un cenno di assenso.

- ci tenevo solo a precisare che stavamo consultando questo libro, che ci ha regalato la signora Dantone, per trarre qualche spunto per la nostra... ricerca. Non voglio chiamarla "indagine" per non esasperarla ulteriormente -

- ma lo è, di fatto -

- lei ha ancora una volta ragione, ma voglio assumermi io la colpa della situazione attuale. Fulvio aveva deciso di desistere dalla sua inchiesta per non arrecarle ulteriore fastidio; sono stata io a insistere e a pregarlo di proseguire. Quell'uomo, il professor Mela: ho visto le sue foto

su internet e mi ricorda tanto mio papà che è scomparso qualche anno fa. I lineamenti e lo sguardo così simili...
- d'accordo signora. Comprendo. Ma la cosa si deve fermare qui. Chiuderò, ancora per questa volta, un occhio. Ma sarà l'ultima. Oggi sono venuto qui in borghese, ma, se mai dovrò tornare, mi vedrà in uniforme. E non sarò da solo -
- si fidi: non andremo oltre -
- le voglio credere -
- ci terrà aggiornati sull'esito delle indagini? -
- se mi sarà possibile sì -
- possiamo tenerci il libro? -
- è vostro, non certo mio -
- gradisce ancora il caffè? -
- volentieri -

Lasciò l'appartamento poco dopo aver vuotato la sua tazzina. I biscotti non li aveva neppure assaggiati; l'unico che aveva prelevato dal vassoio era rimasto intonso sul piattino, a fianco della zolletta di zucchero. Non aveva detto altro, bevendo il caffè in silenzio con un unico sorso. Poi si era alzato senza spostare la sedia. Irene lo aveva seguito porgendogli la giacca, mentre Bezzi annuiva in segno di saluto. Prima di varcare la soglia si voltò e le sorrise, mentre il gelo già gli condensava il respiro. Lei non ne comprese il motivo ma lo ricambiò. Poi richiuse la porta.
- siamo sulla strada giusta - osservò il commissario mentre sparecchiava la tavola e vi poggiava nuovamente sopra il testo i cui frammenti sembravano gli anelli spezzati di una catena.
- a quanto pare stiamo interrogando le stesse persone. Non mi stupisce: anche loro dispongono del nostro elenco di numeri -
- e di molti altri in più probabilmente. Ma noi abbiamo un grande vantaggio - indicò i fogli

- ci arriveranno presto anche loro: è probabile che fra le chiamate effettuate da Mela ci sia anche il destinatario della lettera. Trovato questo, avranno anche il testo. Completo -

- senza dubbio -

- dobbiamo sbrigarci allora a chiamare l'ultimo numero, nella speranza che ci sia utile per ricostruire le parole che mancano e dare un senso a tutto. E forse una soluzione -

- non possiamo farlo adesso -

- perché? -

- è troppo rischioso: Volcan ci scoprirebbe subito -

- credi sappia che abbiamo i numeri? -

- lo potrebbe sospettare. E probabilmente lo avrebbe scoperto se non fossi stata così brava a distrarlo -

- grazie. Ma non è servito a molto, se adesso non possiamo fare nulla -

- la situazione non è così tragica: se non possiamo concentrarci sul movente, possiamo approfondire quello che sappiamo sulla persona che riteniamo possa essere l'assassino. E non solo: forse potremo aggiungere qualche altra parola al nostro campionario di decifrazione -

- e in che modo potremo raccogliere informazioni sul fratello di Ciocchetti, di cui non conosciamo neppure il nome? E le parole? A quali ti riferisci? Come è possibile fare tanti passi avanti? -

- salendo in cima e poi ancora un po' più su -

- non ti seguo -

- non ti sarà difficile farlo. Basta che indossi le scarpe -

Capitolo 15

C'era solo neve attorno alla strada pulita e sgombra. Sul bordo interno se ne scioglieva in continuazione e il fondo era lucido e bagnato. Sui margini si era formato del ghiaccio sottile e duro. Bezzi procedeva con prudenza, scalando spesso le marce. I prati, le rocce, gli arbusti, gli steccati e i sentieri erano scomparsi, trasformati in dune di un deserto bianco. Rimanevano le impronte, di animali e di uomini, e le tracce regolari e spesse degli pneumatici come frasi dimenticate nel paesaggio. Non c'era continuità, ma solo frammenti nella vastità inafferrabile.

- riusciresti a vivere così isolato? -

- forse sì, ma probabilmente non per sempre -

Le aveva nuovamente raccontato della signora Felicetti (questa volta includendo i dettagli dell'incontro) mentre affrontavano i primi tornanti verso il passo, che ormai distava meno di un chilometro.

- cosa ti manca per farlo? -

- l'abitudine e anche la voglia -

- ma stare qui ti piace -

- mi piace perché mi serve. Ma non ci sono nato. Non sono in grado -

- di cosa? -

- di averlo nel sangue -

- hai qualcosa nel sangue? -

- solo la capacità di sopravvivere. E quella di amarti -

- ne sei davvero capace? -

- mi stai mettendo alla prova? -

- no -

- siamo arrivati. Scendiamo -

Il freddo denso tagliava il respiro. Attaccarono subito la salita sprofondando nella neve alta. I pantaloni divennero fradici e rigidi dopo pochi passi. Ansimavano per la fatica sotto al sole alto che non riscaldava. La luce fortissima li costringeva a socchiudere gli occhi nonostante gli occhiali da sole. L'aria era sottile e affilata.

Impiegarono una ventina di minuti a raggiungere la stalla, dove le mucche muggivano inquiete dietro la porta sprangata. Dal comignolo della casa usciva del fumo. Il bosco si distendeva tutt'attorno all'area aperta, bianco e verde scuro sulla roccia sommersa.

Bussarono ma nessuno rispose. La porta questa volta era chiusa. Bussarono di nuovo, più forte e più a lungo, sui vetri delle finestre.

- sarà in giro... -
- forse nel bosco? - ipotizzò Irene
- con tutta questa neve? -
- salendo non la abbiamo incrociata, neppure lungo la strada -
- proviamo a cercarla. O preferisci aspettare che torni? -
- fa troppo freddo e i pantaloni stanno diventando due pezzi di ghiaccio. Meglio se ci manteniamo in movimento -

Attorno alla stalla e alla casa c'erano delle impronte di scarponi, ma non era possibile capire dove fossero dirette: la neve le aveva ricoperte quasi del tutto. Salirono comunque verso il bosco. La luce intensa creava un reticolo nero di ombre nette e definite, come se l'anima spoglia dei rami si fosse distesa sul manto bianco di un mondo parallelo e senza spessore. Camminare si era fatto meno difficoltoso perché parte della neve si era fermata sugli alberi. Si inoltrarono per qualche centinaio di metri cercando di mantenere il più possibile un percorso rettilineo, così da non rischiare di ritrovarsi lontano dal punto di partenza una volta tornati indietro. In lontananza, fra i tronchi scuri, era ancora possibile scorgere il tetto della stalla con le sue tegole rosse.

Un rumore battente attirò la loro attenzione; proveniva

da destra, più in alto della posizione in cui si trovavano. I colpi avevano un ritmo regolare e producevano un rintocco sordo e breve. Ogni tanto si interrompevano per poi riprendere con identica cadenza. Un cumulo di neve impediva la visuale. Ripresero a salire lentamente, con una circospezione inquieta. Un soffio di vento fece tremolare la ragnatela di ombre. Il cielo era abbagliante e silenzioso. Tutte le direzioni sembravano uguali, non fosse stato per la pendenza. Aggirato il cumulo, il tetto della casa scomparve. Si fecero guidare dal battito ignoto fra la schiera severa degli alberi.

Poi la videro, la signora Felicetti, china su un lungo tronco di cirmolo. Appoggiata ad una scure stava osservando i numerosi rami che aveva tagliato ed accumulato con ordine. Non soddisfatta, impugnò nuovamente l'ascia e riprese il lavoro. La lama saliva e scendeva come un pendolo mentre la mano destra scivolava avanti e indietro lungo l'impugnatura e la sinistra manteneva la direzione dei colpi. Ne bastarono quattro perché il ramo si staccasse. Lo raccolse, lo depose con gli altri e procedette con il successivo. Era assorta, ma non in quello che stava facendo. Anzi, la sequenza necessaria delle azioni si dipanava con una regolarità distratta e all'apparenza priva di consapevolezza. Gli occhi quasi non guardavano dove colpire, come se non fosse necessario. A Bezzi ricordò un chitarrista alle prese con un giro di accordi noto e consumato.

Non si accorse di loro fin quando la neve non ne restituì il rumore attutito dei passi. Allora sollevò lo sguardo, depose l'ascia al suo fianco, poggiando la lama a terra, e li osservò senza parlare. Non sembrava aver riconosciuto il commissario, per quanto lo avesse incontrato solo quattro giorni addietro.

- buongiorno signora Adelaide, come sta? -
- ci conosciamo? -

La domanda lo spiazzò lasciandolo immobile come il

larice che gli si ergeva al fianco, con i rami avvolti nella neve sottile.

- sono stato a casa sua qualche giorno fa, si ricorda? -

- no -

- mi ha anche regalato due bottiglie di latte crudo... -

Dalle narici della donna sbuffava il respiro condensato dal freddo.

- ora mi ricordo. Il signore che mi ha chiesto di mio fratello e che mi ha riferito del povero Mela. Il commissario in vacanza, giusto? -

- esatto -

- ma era solo, quella volta -

- eh già. Lei è Irene. Mi è venuta a trovare... -

Si strinsero la mano.

- le piace davvero qui, signora? -

- sì, molto. Perché? -

- non ha la faccia di una adatta alla montagna -

- ha ragione. Ma mi ci sto abituando abbastanza bene -

La osservò e poi fece altrettanto con Bezzi

- avete i pantaloni mezzi fradici. Se non andate al caldo rischiate un malanno -

- volevamo scambiare due parole con lei -

- a proposito di cosa? -

- è un po' lungo da spiegare così su due piedi -

Valutò nuovamente la catasta di rami.

- io qui ho finito. Mi serviva un po' di legna per la stufa. Credevo di averne ancora tanta e invece... Insomma, se mi date una mano a portarla, così posso fare un viaggio solo, vi offro qualcosa a casa mia -

- volentieri -

Suddivisero equamente il carico. La donna utilizzò uno spago per legare assieme i rami e ricavarne tre fascine compatte che si caricarono sulle spalle. La corteccia ruvida graffiava le guance mentre scendevano sobbalzando lungo la discesa.

Raggiunta l'abitazione, deposero la legna in una cassa

oblunga nei pressi della stufa.
- adesso è un po' umida per via della neve, ma si asciugherà presto: in casa c'è secco -
Irene annuì sfregandosi il volto. Bezzi si tolse i guanti e avvicinò le mani alla stufa. Il calore aveva un profumo di pino.
- sedetevi - li invitò indicando due sedie impagliate - e scaldatevi. Io vado a preparare qualcosa di caldo. Va bene un caffè corretto? -
- per me sì -
- per me anche -
Aggiunse un paio di ceppi sul fuoco, aprendo e richiudendo lo sportello con un piccolo bastone ricurvo. Le fiamme nella camera di combustione mandarono un bagliore fioco per la stanza. Dalla finestra esposta a nord entrava poca luce. Il lampadario era spento.
- devi starle proprio simpatico se ci offre addirittura un caffè -
- speriamo non si scordi nuovamente chi sono mentre lo prepara -
- nel caso, glielo ricorderai -
- credi sia a causa delle vicissitudini che ha subito? -
- cosa, la sua stranezza? -
- sì -
- per quelle e per la solitudine -
- può incidere così tanto? -
- giudica tu -
La donna tornò con tre tazzine una diversa dall'altra, appoggiate su un piatto sbeccato.
- l'ho già zuccherato. Mi è venuto in mente solo dopo che forse lo bevete amaro -
Poggiò il piatto sul tavolo. Le tazzine sobbalzarono e tintinnarono. Bezzi e Irene suffragarono la sua scelta afferrandole senza esitazione ed iniziando a sorbire la bevanda la quale, oltre che troppo dolce, si rivelò particolarmente alcolica. La penombra si era leggermente schiarita:

dovevano essere passate le undici.

- allora, cosa voleva domandarmi -
- va spesso a trovare suo fratello in carcere? -
- vado quando posso. Le bestie le accudisco da sola. Non è facile trovare il tempo per altro. Anche per lui -
- di cosa parlate quando vi vedete? -
- perché le interessa? -
- sto cercando di capire chi ha ucciso il professor Mela -
- e mio fratello cosa centra? -
- lui direttamente nulla, ovviamente -
- e allora? -
- potrebbe avere informazioni utili che ha condiviso con lei -
- non vedo come -
- dipende da cosa vi dite durante i vostri incontri -
- cosa vuole, parliamo quasi sempre delle bestie, di come va l'allevamento. Argomenti di tutti i giorni: se la casa ha bisogno di una sistemata o se ne ha bisogno la stalla. Non molto di più. E mai di quello che è accaduto tanti anni fa. Non farebbe bene a nessuno dei due -
- le parla mai degli altri carcerati? -
- raramente. Solo se finisce dentro qualcuno del posto. Qualcuno che anche io conosco. In un certo senso è come se parlassimo della nostra valle -
- immagino non capiti spesso -
- infatti. Qui lavoriamo sodo e tiriamo dritto. Non tutti, certo, ma la gran parte. Dietro le sbarre preferiscono andarci quelli di città. E gli stranieri. Luigi mi dice che ne stanno arrivando tanti, sempre di più negli ultimi anni. Eppure anche qui ce ne sono, nei locali, nelle fattorie. Ma sono brave persone che stanno lontane dai guai -
- lei ne ha mai avuti a lavorare qui? -
- no. L'ho già detto: seguo tutto da sola. Almeno fino a quando ce la faccio. Poi si vedrà: se ho il coraggio vendo tutto e mi ritiro. So vivere con poco e qualche sistemazione la troverò bene. Ma non sarà facile -

- ci si lega alle proprie bestie -
- loro sono la mia vita. Quella che ho fatto e quella che non ho potuto fare. Ma si meriteranno di meglio di una vecchia rimbambita e senza forze che non è in grado di accudirle come si deve. Dovrò essere generosa e trovare qualcuno che mi possa sostituire -
- potrebbe prendere una persona con sé e rimanere a capo della fattoria -
- non mi piacciono le cose a metà. Se non posso curarle io allora devo farmi forza, andarmene e chiudere. Con questo posto, con i ricordi di Augusto... -
Finì il caffè con una sorsata, stringendo la tazzina con forza.
- dicevamo di mio fratello e di quello che ci raccontiamo. Ultimamente non ricordo mi abbia riferito di qualcuno di noi che è stato carcerato. Si sta facendo vecchio là dentro, con quella vita sempre uguale che gli rimarrà addosso fino alla fine -
- potrebbe avere uno sconto di pena. Dipenderà dalla sua condotta -
- me lo ha detto anche lui, ma, se mai uscirà di lì, sarà tardi, troppo tardi per riavere almeno un pezzetto della vita che ha bruciato -
- non c'è molto da fare... -
- già -
Bezzi si volse verso Irene, ma lei stava fissando la sua tazzina. Un filo sottile di vapore le saliva verso il naso, disperdendosi sopra il tavolo.
- le ha mai parlato di un certo Ciocchetti? -
- ma chi, Ernesto, il fratello di Piero? -
- sì, lui -
- lo conosce? -
- no - replicò il commissario pensando all'ombra che gli si era abbattuta sulla testa il giorno precedente.
- non è una brava persona quella -
- mi è stato detto, ma forse Luigi ne sa qualcosa in più -

- in effetti Ernesto è stato in prigione qualche mese fa. Me ne aveva parlato -
- ricorda qualche dettaglio? -
- sì -
- quale? -
- che è finito dentro perché lo hanno preso mentre rubava in un appartamento. Erano in due ma il complice è scappato. A mio fratello ha detto che avevano fatto troppo rumore e qualcuno del palazzo aveva chiamato la Polizia. Ha anche aggiunto che se avesse scoperto chi è stato gliela avrebbe fatta pagare. Spero che non accada. Ernesto è violento e sa diventarlo ancora di più quando beve -
- è accaduto da queste parti il fatto? -
- no. In città. Qui non ci viene più da tempo. Non è benvoluto da nessuno -
- qualche volta tornerà pure a trovare il fratello -
- credo proprio di sì, ma non penso rimanga per molto e in giro non si fa vedere, a quel che ne so -
- cosa ha combinato di tanto grave? -
- si prendeva con tutti, non la smetteva di bere e non combinava nulla. Non era un uomo di qui, per quanto ci fosse nato. Così anche mio fratello, che ha fatto la fine che ha fatto e il povero Augusto, che ha fatto la fine peggiore di tutti. E nessuno dei tre ha rispettato queste montagne che vogliono gente tranquilla, che vive in pace -
- è davvero sempre tutta pace qui? - si intromise Irene
- no, certo. Ma ci sono limiti da non superare, e noi tutti li conosciamo, come conosciamo le cime e i sentieri a uno a uno: se qualcuno si perde è solo colpa sua. Non ha voluto seguire la strada che da sempre è tracciata nei nostri passi -
- non le ha raccontato altro suo fratello? - riprese Bezzi
- mi sembra di no. Non si incontrava spesso con Ernesto: solo nelle ore e negli spazi comuni. Comunque non deve essere rimasto molto in prigione. Luigi mi ha detto che era la prima volta che lo condannavano per furto -

- almeno sei mesi allora -
- ecco: mi pare proprio qualcosa del genere -
Bezzi si alzò. Irene fece lo stesso.
- aspettate. Mi dispiace che non posso invitarvi a pranzo perché non ho abbastanza in casa, ma almeno due bottiglie di latte posso regalarvele. L'ho munto questa mattina. È ancora freschissimo -
Attesero che la donna tornasse dalla cantina. Aveva infilato le bottiglie in un sacchetto di carta. Stampato sopra vi si leggeva il nome di una panetteria.
- è venuto in bici anche questa volta? -
- no. Oggi siamo in macchina -
- allora questo sacchetto dovrebbe bastare -
Li accompagnò all'uscio. Nella stalla le mucche continuavano a muggire.
- è da qualche ora che non mi vedono. Sono nervose -
Chiuse la porta e li precedette sulla spianata di neve.
- Adelaide? -
- mi dica -
- secondo lei un tipo come Ernesto potrebbe arrivare a uccidere? -
- non lo conosco abbastanza per dirlo. Non è mio fratello
- ha ragione -
Fece per salutarla, ma poi abbassò la mano.
- ah, quasi dimenticavo - esclamò alzando la voce, dal momento che la donna aveva già quasi raggiunto la stalla.
- cosa? Dica, ché ho premura -
Stava aprendo la porta di legno. Lo spiazzo antistante era stato pulito con cura. I pannelli larghi e pesanti ruotarono senza fatica. I muggiti cessarono improvvisamente.
- quando l'altro giorno mi ha detto di aver incrociato il professor Mela -
- sì, ricordo -
- ha un nome particolare il posto dove vi siete incontrati?
Rifletté alcuni istanti prima di rispondere
- sì: si chiama Le Respe -

Irene strinse il braccio del commissario, che però non le diede retta. Guardava per terra come se stesse cercando un piccolo oggetto caduto in mezzo alla neve.

Quando si riebbe, la donna era ormai entrata nella stalla.

- grazie Adelaide - vociò nel silenzio.

Non ricevette risposta.

- non ti può sentire, Fulvio. Forse è meglio se entri a ringraziarla -

In quel momento la donna uscì e sbracciò verso entrambi. Poi scomparve di nuovo fra le mucche.

- andiamo Irene -

- dove? -

- la carta geografica di cui abbiamo parlato. È arrivato il momento di procurarcela e metterci di nuovo al lavoro. Il testo di Mela attende la nostra acribia ermeneutica -

Gli prese la mano.

- concordo. Andiamo allora -

I passi ripresero a sprofondare e i pantaloni si rifecero subito fradici.

Capitolo 16

Procurarsi il necessario non fu un'impresa semplice. In quel periodo dell'anno di mappe sufficientemente dettagliate e con una scala di riduzione senza troppi zeri non se ne vendevano molte. Anzi: non se ne vendevano affatto. La stagione delle escursioni per prati, sentieri, boschi e rocce era quella estiva, al limite quella autunnale. Non certo quella invernale che necessitava semmai di una buona carta degli impianti di risalita e dei loro collegamenti. E le opzioni di acquisto interne al paese risultavano piuttosto limitate: un'edicola, una libreria e nient'altro. Ambedue ne risultarono sprovviste. Bisognava pensare di cercarla nei paesi limitrofi, probabilmente altrettanto sguarniti del prezioso supporto cartografico. Oppure bisognava farsi venire un'idea diversa. E funzionante.
- potrebbero avercela nel locale di cui sei ormai un habitué -
- intendi dire l'enoteca? -
- sì -
- buona idea. È poco distante da qui -
Avevano parcheggiato nel piazzale del teatro.
- meglio se ci vai da solo. Se la proprietaria si ingelosisce non ci darà un bel niente. Sempre che abbia quello che stiamo cercando -
- perché dovrebbe? -
- perché è probabile -
- ma se non mi ha chiesto neppure per chi erano i fiori -
Bezzi le aveva raccontato anche del suo escamotage floristico.
- se mi vedrà smetterà di domandarselo -
- d'accordo, ma dovrai pazientare un po': non posso certo chiedere e andarmene così. Consumare almeno un aperitivo mi sembra il minimo della cortesia -

- pranza anche se vuoi. Io non ho fame -
- sei arrabbiata? -
- no: ho mangiato troppo in questi giorni. Ti aspetto a casa, mi faccio una doccia e... il resto dipende da quando ritorni -
- credo che un paio di stuzzichini saranno più che sufficienti -

- una carta escursionistica, signor Fulvio? -
- sì - replicò il commissario sollevando il calice che la donna gli aveva riempito. Aveva chiesto un Teroldego riserva tanto per facilitare il karma dell'indagine e, magari, suscitare un atto di grazia da parte dello spirito della vittima, probabilmente anch'esso ansioso di assicurare alla giustizia il suo assassino. Anche se rimaneva il problema di capire a quale giustizia, dal momento che Bezzi, se pure avesse scoperto il colpevole, altro non avrebbe potuto fare che compiacersene e aggiungerlo al felice elenco dei casi risolti. Quanto invece a riservagli un adeguato trattamento giudiziario, la faccenda era completamente fuori dalla sua portata e tale sarebbe rimasta per insindacabile volontà del commissario Volcan. Stabilito comunque che si trattava di questioni ancora premature, preferì concentrarsi sullo scopo della sua visita e sull'ottimo prodotto vinicolo che aveva davanti agli occhi. Le due cose in fondo erano strettamente collegate.
- ne abbiamo tante ma dovrei andare a cercarle a casa. In questa stagione non le richiede nessuno. Inutile quindi metterle in vendita -
- capisco -
- le interessa qualche zona in particolare? -
Ancora una volta gli stava offrendo aiuto senza domandargli altro se non lo stretto necessario.
- sì, la località Le Respe. E i dintorni, ovviamente -
- dovrei avere qualcosa. È una zona piuttosto frequentata, d'estate, per le escursioni -

- bene. La aspetto qui allora. Faccia pure senza fretta. Anzi, vuole farmi compagnia? -
Sollevò nuovamente il calice.
- la ringrazio, magari la prossima volta. Oggi devo dare una mano in cucina perché l'aiuto cuoco sta poco bene - Era quasi mezzogiorno. Il locale era invaso dalla luce netta e sfuggente dell'inverno.

Dalla cucina proveniva il profumo di verdure messe a bollire e di carne immersa in qualche intingolo saporito e sostanzioso. I tavoli erano apparecchiati, pronti e silenziosi. Il commissario sedeva presso il bancone del bar. Assieme al vino gli era stato portato un piccolo vassoio con speck, formaggio ubriaco, composta di pomodori verdi e qualche fetta di pane di segale. Quanto bastava per attendere il ritorno della donna mantenendosi affaccendato. Il Teroldego si rivelò eccellente: corposo, denso e persistente come la neve appena caduta. Sullo sfondo della quiete, da una finestra dimenticata socchiusa, il fermento residuo del torrente risuonava come un richiamo chiaro e ignoto allo stesso tempo. Il cuoco si affacciò nella sala e gli rivolse un cenno di saluto.

In quel momento la donna tornò, spalancando la porta.
- Ho qui quello che mi ha chiesto -
- grazie -
Pagò la carta e terminò la consumazione.
- arrivederci, signor Fulvio. Mi dispiace non si fermi per il pranzo -
- anche a me - mentì

La salita verso l'appartamento era ripida ma piuttosto breve. Al commissario furono sufficienti meno di cinque minuti per raggiungere il bivio che, dalla strada principale, immetteva nella piccola via dove sorgeva il condominio. Due corte rampe di scalini di pietra incassati nella neve lo condussero alla porta di ingresso. Bussò senza premere il campanello. Poco dopo comparve Irene.

Indossava un paio di jeans ed un maglione di lana verde scuro. Aveva raccolto i capelli in una lunga coda liscia.

- hai fatto presto -
- fin troppo direi -
- a cosa ti riferisci? -
- credevo di trovarti meno vestita -
- fa freddo -
- non sotto le coperte -
- te lo avevo detto che il resto dipendeva da quando saresti tornato -
- pensavo fosse un'esortazione a sbrigarmi -
- tutto il contrario invece. Hai pensato troppo in fretta e con l'organo sbagliato -
- avevi così tante cose da fare a casa? -
- no, una sola. Ma mi ci è voluto un po' di tempo. Pensa che ho finito proprio adesso -
- la doccia? -
- ma no. Per quella sono stati sufficienti un paio di minuti: giusto il tempo di scaldarmi un po' -
- cosa, allora? -
- non lo immagini? -
- no. Fammi entrare -
- hai ragione, si gela. Il sole sembra inutile con tutto questo freddo -

Gettò un'occhiata al tavolo. C'erano dei fogli, fra cui il testo della lettera, il cellulare di Irene ed un paio di penne, una delle quali senza cappuccio.

- non mi hai aspettato! -
- già. Volevo provare a batterti sul tempo -
- e ci sei riuscita?? -
- sembrerebbe proprio di sì -
- ma come hai fatto senza questa? -

Estrasse la carta escursionistica sventolandola come un amuleto contro gli spiriti maligni

- con quello -

Indicò il cellulare che giaceva serafico in mezzo alle carte.

Bezzi si avvicinò al tavolo e lesse quanto la donna aveva scritto, o, più esattamente, decodificato. Poi aprì la mappa e si mise a cercare il toponimo "Le Respe". Lo trovò proprio dove doveva essere: accanto all'altro toponimo che Irene aveva identificato e che, come le curve altimetriche confermavano, si trovava a circa 1340 metri sul livello del mare.

- potevi dirmelo che esisteva un sito dove reperire la cartografia -
- non lo sapevo. Ci ho provato e l'ho trovato. E a quel punto ho deciso di farti una sorpresa -
- ci sei riuscita -
- non è stato facile, sai? Lo schermo di un cellulare non è certo quello più adatto per leggere una carta topografica in alta definizione. Ma la posta in gioco valeva decisamente lo sforzo -
- decisamente. Vedo infatti che hai decifrato ben più di una parola -
- proprio così -
- bene. Illustrami il tuo metodo di indagine allora. Sono proprio curioso di vedere se regge alla prova dei fatti -
- d'accordo. Iniziamo da "Le Respe", fin troppo facile da identificare nella sequenza *SP* alla fine della terza riga. Va da sé che la parola precedente, di cui abbiamo la lettera *À*, deve essere quindi *località* -
- fin qui tutto bene -
- proseguiamo allora. Nella riga successiva troviamo la parola *PIAN*. Ora, cartina alla mano, vicino a Le Respe si trova *Pian Confolin*, che risolve anche la sequenza, seguente non contigua, *FO* e *N*. Prima di *PIAN* troviamo la sequenza *SO*. "A quale parola potrebbe corrispondere?" Mi sono chiesta -
- la risposta? -
- procedendo da valle, cioè seguendo il percorso più probabile di qualcuno che partendo dal paese percorra la strada verso il passo, Pian Confolin si viene a trovare

dopo Le Respe. Quindi *SO* dovrebbe stare per *verso* -
- funziona -
- e allora, potremmo ipotizzare che prima di *verso* ci fosse qualche termine che vi si riferisca, tipo *procedendo*, che è compatibile anche con lo spazio vuoto da inizio riga fino a *SO*, e che lega bene Le Respe a Pian Confolin -
- funziona ancora meglio. Soprattutto considerando che la zona in questione si trova ad un'altitudine di circa 1340 metri -
- appunto -
- adesso però tocca a me -
- prego, accomodati. Io per il momento non ho decifrato altro -
- cominciamo dall'ovvio -
- cioè? -
-la *E* con la quale si chiude la terza riga: deve essere l'ultima lettera della parola *altitudine* -
- più che probabile -
- c'è poi uno spazio vuoto fra *M.* e *CCE*, nel quale potremmo ipotizzare la parola *circa*, tenendo conto che 1340 è una cifra tonda che potrebbe valere più come quota indicativa che esatta -
- in effetti potrebbe essere così -
- abbiamo poi *DUATO e CCE*, appunto -
- infatti -
- dunque, torniamo a quanto ci ha detto Adelaide: il professor Mela che percorre, a piedi e al freddo, il tratto che va da Le Respe a Pian Confolin. Perché dovrebbe farlo? -
- difficile pensare a una semplice passeggiata salutare -
- per l'appunto. E poi, ricordiamoci della parola Teroldego. Non è certo finita nel testo per caso -
Si guardarono negli occhi. Poi Irene esclamò
- stava cercando qualcosa! -
- qualcosa - le fece eco il commissario - che ha *individuato*
- ma certo! -
- e cosa mai potrà individuare un esperto ed appassionato

studioso di vini antichi? -
- delle *tracce*!!! -
- proprio quelle. Delle tracce di Teroldego o, meglio di un *vitigno* di Teroldego, tenendo conto dello spazio vuoto fra *CCE* e la fine della riga -
- la tua è una pura congettura, visto che non disponiamo neppure di una misera lettera a sostegno -
- lo è, infatti. Ed è anche ragionevole -
- senz'altro -
- allora adesso sappiamo, o possiamo quanto meno ritenere altamente probabile di saperlo, cosa c'entra il Centro Di Biologia Molecolare, dove *TO* in fine riga sta evidentemente per *Trento* -
- analisi! -
- esattamente. Il professor Mela cerca tracce di un antico vitigno di Teroldego e le individua. Logico immaginare che raccolga dei campioni di terreno e di chi sa cosa altro e le invii al centro di Biologia Molecolare per farli analizzare a conferma della sua ipotesi -
- poi scrive una lettera in cui parla di tutto questo -
- infatti. Ma la domanda è "a chi"? O meglio a quale entità giuridica o sociale, in virtù della parola SPETTABILE, che abbiamo già decifrato? -
- non lo so -
- neppure io, anche se credo che siamo vicini a scoprirlo -
- e se provassimo con l'ultimo numero rimasto? -
- è un rischio, con Volcan -
- me ne rendo conto -
- facciamolo -
- aspetta: vorrei fare un'altra doccia prima. Ma non da sola -

Capitolo 17

Il cielo si era rannuvolato di colpo; nubi dense e senza luce correvano ad ammassarsi spinte dal vento crudo e doloroso che si abbatteva anche sulla valle.

La neve si alzava in turbini che falciavano le strade e sferzavano qualunque cosa si muovesse. Controvento era quasi impossibile camminare e gli angoli degli edifici non bastavano a ripararsi. I bianchi cristalli ghiacciati roteavano da ogni parte, trovando la strada in mezzo alle vie e ai vicoli. In alto, le cime dei monti erano scomparse fra il branco dei nembi bassi.

Non avrebbe nevicato perché faceva troppo freddo, ma era calata la notte con un'ora di anticipo. Senza luna e senza stelle.

Diego Lorenz pullulava di affinità con il professor Mela.

- il personaggio più importante ce lo siamo lasciati per ultimo -

- come in un buon romanzo giallo, Irene. Anche se in questo caso non si tratta certo di un oculato calcolo narrativo. Il suo nome era semplicemente in fondo alla lista -

- gli dedicheremo la cura e l'attenzione che merita, o che almeno sembra meritare -

- lo stiamo già facendo: è l'unico che abbiamo cercato su internet -

- scelta che si è rivelata piuttosto utile infatti -

- ti riferisci alle sue qualità estetiche? -

- certamente si tratta di un bell'uomo. Quanti anni gli daresti? -

- non saprei dire con precisione. Sul sito dell'Università di Trento risulta solo che è Professore Associato del dipartimento di Sociologia e Ricerca Sociale, ma non c'è nessuna biografia. A giudicare dal materiale fotografico che abbiamo reperito, direi che viaggia sulla cinquantina - ben portati -

- senza dubbio -

- taglio di capelli ordinato e non troppo corto, rasatura impeccabile e nodo della cravatta preciso come un solido geometrico regolare. Un uomo curato -

- e forse vanitoso, a giudicare dal sorriso compiaciuto -

- forse. Ma la tua analisi non mi convince del tutto su questo punto. La foto che abbiamo visto è di quelle ufficiali. Non a caso è stata scattata ad un convegno di cui il signor Lorenz era uno dei relatori. Quel sorriso mi sembra più artificiosamente che genuinamente compiaciuto. Ha un qualcosa di "sfuocato" -

- spiegati meglio -

- non sono in grado. Per il momento è solo una sensazione -

- dati alla mano invece, il nostro Diego insegna nella stessa università e nella stessa facoltà di cui, almeno in parte, è stato docente anche il povero Mela -

- che si conoscessero è inutile ribadirlo. Resterebbe da capire da quando e come -

- possiamo azzardare qualche ipotesi -

- per esempio? -

- l'età di entrambi: dovrebbero avere circa venti anni di differenza -

- il professore e il suo allievo? -

- che poi fa carriera e diventa professore a sua volta -

- banale -

- quindi verosimile -

- addirittura probabile -

- un legame efficace a giustificare una chiamata telefonica

- e anche altro -

- oltre non possiamo congetturare -

- chiami tu? -

- d'accordo -

Attivò la funzione di chiamata anonima e compose il numero di Lorenz.

Non rispose nessuno. Né la prima, né la seconda e neppure la terza volta.
- inutile insistere -
- andiamo a trovarlo? -
- con Volcan in giro... -
- potremmo fare comunque un tentativo, con la dovuta cautela -
- temo che lo verrebbe a scoprire in ogni caso -
- allora non ci rimane che continuare a provare finché non risponde -
- non mi sembri soddisfatta della prospettiva -
- per nulla -
Qualcosa sbatté con forza contro la finestra del soggiorno: il vento aveva sollevato un cumulo di neve dal prato spedendolo contro il vetro spesso. La luce, fuori, era livida.
- d'accordo, vediamo dove abita -
Consultò il navigatore del suo cellulare.
- muoviamoci: abita a due passi da Mela -
- che coincidenza! -
- speriamo che non lo sia. Ci potevo pensare prima -
- a cosa? -
- te lo spiego per strada -
- d'accordo. Ma guido io. Tu devi pensare solo a parlare -
Afferrò le chiavi della vettura e lo precedette alla porta. Il suo profilo si stagliò contro il buio ventoso. Gli occhi accesi sfidavano la notte precoce. I capelli scompigliati sferzavano il vuoto con una grazia furibonda.
- così bella non ti avevo ancora mai vista -
- rimani concentrato sull'argomento che mi interessa -
- dico sul serio -
Fece per baciarla ma si fermò. Le sembrava intoccabile e lui si sentiva inadeguato, di una sostanza diversa e più vile. Le offrì un sorriso sperando le risultasse gradito.
- grazie, Fulvio -

Per qualche istante rimase immobile. La neve prese a turbinarle attorno quasi volesse nasconderla. Si affrettarono per i gradini che conducevano al garage condominiale. Guidare non sarebbe stato uno scherzo, ma tutto sembrava possibile alla volontà di Irene. Persino il gelo, il vento e la tormenta.

- se ci pensi è logico, o quantomeno più logico e più sensato -
- uhmmm... i due fratelli Ciocchetti in prossimità della casa del professor Mela, cioè dove li abbiamo incontrati noi -
- ed Ernesto che dice al fratello "inutile Piero". L'unico frammento di frase che siamo riusciti a cogliere -
- noi pensavamo che volessero entrare nell'appartamento del professore per prendere qualcosa e che avessero desistito. Probabilmente per non correre rischi -
- e invece, se ho ragione, erano lì per Lorenz -
- l'ipotesi funziona e, in effetti, collima con quanto abbiamo visto: Piero Ciocchetti in attesa davanti al condominio di Mela, Ernesto Ciocchetti che lo raggiunge, evidentemente da poco distante. I due che iniziano a parlare, forse a discutere, e quel frammento di frase -
- cosa, allora, si è rivelato "inutile"? -
- qualcosa che è andato a vuoto -
- cioè il tentativo di incontrare Lorenz nel suo appartamento -
- sì, potrebbe davvero essere andata così -
- ora dobbiamo affrontare il punto successivo: perché? Perché Lorenz? Cosa ha a che vedere con l'assassinio di Mela? -
- è stato, stiamo supponendo, un suo vecchio studente, forse anche il suo assistente per un certo periodo della sua carriera universitaria -
- una persona conosciuta e fidata -
- a cui confidare, con cui condividere, scoperte importanti

- e anche pericolose -
- qualcuno da mettere a tacere, come è stato fatto con Mela -
- qualcuno che, per sua fortuna, non era in casa quando sarebbe dovuto occorrere il suo omicidio -
- questo è accaduto ieri. I due fratellini potrebbero tentare di replicare l'impresa oggi, sperando di essere più fortunati -
- guida piano Irene: con questa bufera di neve non si vede nulla -
- conosco la strada ormai e non vorrei arrivare tardi. O, peggio ancora, troppo tardi -

Tardi in effetti arrivarono, ma non nel senso pessimistico che Irene aveva temuto.

Due volanti della Polizia, con i lampeggianti intenti a fendere la buia lattiginosità a colpi di intermittenza bluastra, erano parcheggiate fuori dal condominio in cui abitava Lorenz. Frammenti della facciata di legno e cemento baluginavano in mezzo al muro incessante di neve. Il portone di ingresso era spalancato, come in attesa di un qualche corteo che lo attraversasse. Le vetture erano vuote. Lo spettacolo si stava evidentemente svolgendo nell'appartamento dell'accademico. Per strada era rimasta solo la scena del primo atto, in attesa che iniziasse il terzo. Piegandosi in avanti come due ombrelli rotti, Bezzi e Irene entrarono nell'androne. Il frastuono del vento era così furioso che rimbombava anche lì, rendendo difficoltoso ascoltare qualsiasi cosa.
- se Volcan ci trova qui non basterà neppure un'ordinanza del Ministero dell'Interno a tirarmi fuori di prigione -
- ne potresti approfittare per fare la conoscenza di Felicetti. Chissà mai che non ti torni utile per risolvere il caso -
- a quanto pare non ce ne sarà bisogno -
Sollevò lo sguardo verso le scale per scorgervi qualche

movimento ma non ne riscontrò alcuno. La palazzina non era dotata di ascensore, per quanto avesse almeno quattro piani: quelli che il commissario era riuscito a contare in mezzo all'oscurità infestata di neve. Il sottoscala era occupato da una parete di legno, in mezzo alla quale si trovava una porta: forse l'accesso alle cantine. Irene ne abbassò la maniglia e provò a spingerla. Era aperta. Automaticamente, una piccola lampada a led si accese ad illuminare una rampa ripida di scalini che conduceva ad uno corridoio su cui si affacciavano diverse porte.

- come nascondiglio mi sembra appropriato -

- sì, ma la luce potrebbe attirare l'attenzione, meglio eliminarla -

Rimosse la lampadina dal faretto in cui era alloggiata e la depose su un gradino.

- dopo la rimetto a posto -

- non dubitavo del tuo senso civico, Fulvio -

- specialmente in questi luoghi, dove ogni cosa è al suo posto, secondo un perfetto ordine naturale e antropico -

- ordine vero o apparenza? -

- l'apparenza fa parte della natura umana. Ma qui le regole e il buonsenso sembrano funzionare meglio che altrove

- non abbastanza a quanto pare -

- non abbiamo ancora elementi sufficienti per emettere un giudizio -

- un omicidio rimane pur sempre un omicidio, anche se so che, detta da me, l'affermazione possa sembrare poco credibile e piuttosto ridicola -

- non intendevo ventilare possibili, e alquanto improbabili, eccezioni etiche o morali. Pensavo solo al fatto che, dietro un delitto, c'è spesso una logica, e quindi una qualche regola. Per quanto aberrante questa possa essere. E forse qui alcune regole valgono più di altre e possono portare ad uccidere chi le infrange. È semplicemente l'altro lato della medaglia -

- non sono così convinta dell'effettiva possibilità di

geolocalizzare i moventi e tenderei ad essere più genera-
lista rispetto alla natura umana -
- si uccide sempre per gli stessi motivi, secondo te? -
- sì. Al massimo si possono definire alcune macro catego-
rie, un po' come gli insiemi che studiavamo a scuola. Ma
oltre quelle... -
- forse hai ragione tu. Vediamo se questo caso costituisce
un'eccezione -
- che conferma la regola -
- vuoi dire che hai già vinto in partenza? -
- lo stai affermando tu -

Per alcuni minuti non accadde assolutamente nulla. A
turno, Bezzi e Irene si sporsero dal sottoscala per constatare che l'unico movimento constatabile era quello della
neve mossa dal vento. Non sembrava esserci traccia di
curiosi fuori dal portone. I lampeggianti vagavano come
spettri lividi nella via deserta. Nessuno metteva piede
nell'androne illuminato. Forse, dalle finestre degli edifici antistanti qualcuno stava osservando quell'insolita ed
inattesa scenografia criminale avvolta nel turbine gelato
della notte, ma dalla loro postazione non era possibile ac-
certarsene. Meglio così: avrebbero avuto a disposizione
la scena solo per loro.
Il suono di una sirena irruppe improvvisamente, facendo
il paio con quello gemello di un secondo automezzo.
- arrivano i rinforzi, Fulvio? Sembra che la cosa si stia facendo seria e più complicata del previsto -
- di questo passo finiranno con il mobilitare tutta la forza
pubblica disponibile nella valle -
- mi ricorda un po' quando mi davi la caccia -
- tu eri un caso disperato: ci sarebbe voluto l'esercito al
completo per fermarti -
- è bastato molto meno, come vedi -
- certe persone è inutile convincerle con la forza. Meglio
utilizzare altri metodi -

- dei quali sembri essere un grande esperto -
- lascio a te il giudizio -
- ci sto ancora riflettendo -
- poi fammi sapere quale è il verdetto -
Si scambiarono un sorriso nella semi oscurità.
Poco dopo, il suono squillante e violento non assunse le
sembianze di due volanti, bensì quello di due ambulan-
ze. A quel punto, qualcuno, o, meglio, una voce si palesò
finalmente sulle scale.
- Secondo piano! - non era stato Volcan a parlare
- non c'è un ascensore? -
- no -
- com'è la situazione? -
- uno è morto -
- ma chi? Diego??? -
- no. Lui è solo sotto shock -
- serve anche per lui una barella? -
- non mi sembra, ma valutate poi voi -
- bene -
- conosci Lorenz? -
- sì. Frequento l'università a Trento. Ci ho fatto un esame
con Diego -
Non accennava neppure a chiamarlo professore.
- e l'altro, il morto, chi è? - proseguì
- non posso dirtelo per adesso -
- va bene. Sono arrivati gli altri con la barella. Ragazzi, ne
basta solo una per il momento. Saliamo. Ci passa per la
porta? -
- mi sembra di sì - il poliziotto doveva essersi sporto, o
essere andato loro incontro.
Un rumore di passi pesanti rimbombò lungo i gradini.
Nient'altro.
- il nostro ultimo contatto è salvo. E a quanto pare anche
piuttosto sano -
- dopo l'aggressione che abbiamo subìto nel bosco, sarei
stato propenso a immaginare il contrario. Ancor più per

il fatto che il signor Lorenz non mi sembra un mostro di prestanza e forza fisica, almeno a giudicare dalle foto che abbiamo trovato in rete -
- noi siamo stati colti di sorpresa, al buio e in mezzo a un ambiente del tutto sconosciuto. Lui almeno era a casa sua, in una situazione sicuramente più vantaggiosa della nostra -
- da qui a sopraffare Ernesto Ciocchietti, sempre che sia lui l'aggressore, ce ne passa comunque un bel po'... -
- chi ti dice che non possieda un'arma da fuoco? -
- se così fosse, avrebbe il porto d'armi e in quel caso i miei collaboratori mi avrebbero avvertito: sarebbe emerso dai controlli sul nominativo -
- un'arma è possibile procurarsela anche in altri modi -
- senza dubbio, ma la tua considerazione mi sembra un po' troppo generica e poco legata al contesto in cui ci troviamo -
- un professore che bazzica il mercato nero delle armi... in effetti suona improbabile in mezzo a queste montagne e con un soggetto del suo calibro -
- vediamo se riusciamo a ricavare qualche informazione diretta, invece che mere ipotesi ed elucubrazioni. Credo stiano scendendo -
- prepariamo le fotocamere dei nostri cellulari: potrebbero tornarci utili dato che non ci potremo muovere da qui -
Comparvero per primi due barellieri, un uomo e una donna, con tute rosse e strisce catarifrangenti. Sulla superficie di tela arancione era stato deposto ed assicurato con delle cinghie un corpo. Un telo lo ricopriva interamente. Seguiva un poliziotto e, dietro di lui, un uomo di corporatura minuta e non particolarmente alto. Quel poco che riuscirono a scorgerne del volto, senza azzardarsi a sporgersi troppo dal sottoscala, fu sufficiente a riconoscervi Diego Lorenz. Camminava lentamente, come se temesse di cadere da un momento all'altro senza alcuna prevedibile ragione. Lo sguardo era puntato a

terra. Un terzo barelliere lo affiancava, sorreggendolo lungo il breve percorso fino all'ambulanza. Chiudevano il corteo un altro poliziotto e Volcan. Quest'ultimo reggeva un sacchetto di plastica trasparente. Non era facile capire ad occhio nudo cosa contenesse. Quasi sicuramente il corpo del delitto, ma comprendere in quale preciso oggetto questi consistesse risultava un'impresa improba dalla loro postazione. Bezzi puntò allora il cellulare, che era stato debitamente silenziato, e scattò qualche foto con lo zoom aperto al massimo. Irene fece lo stesso. Poi si rintanarono nuovamente nel vano cantine, temendo che il commissario potesse in qualche modo rilevare la loro sgraditissima presenza e tradurli seduta stante nella cella più vicina in linea d'aria, dove li avrebbe volentieri confinati fino alle soglie della vecchiaia, se non direttamente dell'oltretomba.

Finalmente il portone si chiuse e gli automezzi ripartirono senza accendere le sirene.

- che ne dici, Fulvio, di un'altra effrazione? Ovviamente con discrezione e senza lasciare tracce -

- non è una buona idea, purtroppo. È molto probabile che, forse questa sera stessa, arrivi la Polizia Scientifica per tutti i sopralluoghi del caso. Se entrassimo e cominciassimo a rovistare nell'appartamento di Lorenz, sarebbe praticamente impossibile non lasciare tracce ed evidenze che ci porterebbero dritte dritte al cospetto di Volcan -

- va bene, lasciamo perdere -

Capitolo 18

In strada il vento infuriava ancora più forte e sembrava non dovesse più smettere, come se le nuvole e la neve caduta lo alimentassero con qualche incantesimo, rigenerandone la forza e accrescendone la voracità. A fatica, arrancando ad ogni passo, raggiunsero la vettura del commissario. Gli sportelli stentarono ad aprirsi, la neve turbinò sul cruscotto, sul parabrezza e sul volante, poi riprese a sferzare la carrozzeria, correndo verso il fondo della via. Dopo qualche incertezza, il motore finalmente si avviò, vibrando in attesa.

- non si vede praticamente niente - questa volta ai comandi si era seduto Bezzi
- vuoi passare la notte qui? -
- idea romantica ma irrealizzabile. E poi avrei in mente un'altra meta: la casa di Piero Ciocchetti. Credo che Volcan sia già lì a prelevarlo, mentre gli comunica che il fratello è rimasto ucciso nel tentativo di liquidare Lorenz
- riusciremo ad arrivarci con questo tempo? -
- ci provo - ingranò la marcia e premette piano l'acceleratore. L'auto si mosse con circospezione sul fondo ghiacciato, lungo il tratto in lieve discesa che li avrebbe condotti sulla strada principale. La visibilità non superava una manciata di metri. I fari illividivano la notte. Sembrava non circolasse nessun altro in quelle condizioni meteorologiche. Solo dopo alcuni chilometri incrociarono un furgone addossato al monte. Andava così piano che non si capiva se si stesse effettivamente muovendo o se fosse rimasto in panne. Bezzi azionò due volte i fari abbaglianti, ottenendo in cambio la stessa risposta. Tanto gli bastò per concludere che non c'era bisogno del suo aiuto.

Non era possibile affrontare in auto la salita che portava a casa di Ciocchetti. Troppo ripida e troppo stretta con tutto quel vento e la neve che continuava a giostrare nella notte, sotto al cielo invisibile. Dovettero parcheggiare nel piazzale del teatro e incamminarsi tenendosi stretti l'uno all'altra. Barcollando come le cime degli alberi, attraversarono il ponte e presero il sentiero che portava alla chiesa, incassato lungo il versante. Lì il vento tirava con meno forza, ostacolato dalla roccia innevata. Si tenevano saldamente al parapetto di legno per evitare di rovinare sul fondo ghiacciato. Oltre le loro, sembravano esserci pochissime altre impronte, per quanto potessero vedere alla luce dei cellulari. Raggiunto il sagrato, sostarono qualche istante a ridosso del muro laterale di pietra, sotto il campanile grigio e silenzioso.

- manca molto? Camminare in queste condizioni è un'impresa improba -

- non tanto, ma neppure poco: in pratica dobbiamo arrivare dall'altro lato del paese, che per fortuna è piuttosto piccolo, come avrai notato. Te la senti di proseguire? -

- l'alternativa sarebbe aspettarti qui, nel mezzo della tormenta e con una confortante vista sul cimitero locale -

- genuino esempio di sobrietà bucolica e serenità architettonica -

- preferisco comunque proseguire. Non è la notte giusta per contemplare una simile perla oltremondana -

- stammi vicino allora. Da qui in poi il vento si farà di nuovo sentire -

La prese per mano. Lei gli appoggiò la testa sulla spalla e socchiuse gli occhi, come se stesse per addormentarsi. Una folata di neve le investì il volto appena svoltarono sulla facciata principale. Se anche le campane avessero battuto l'ora, nessuno le avrebbe sentite. Se le lasciarono alle spalle, procedendo lungo la strada in quota che il torrente di neve cancellava ad ogni passo.

Il latrato del cane risuonava nuovamente nella notte, più forte del vento, ma diverso da quello che Bezzi aveva sentito qualche giorno prima: non vi era alcuna traccia di festa e neppure di ostilità. Assomigliava di più ad un urlo lugubre, straziato, cieco. Si intravedeva la luce di due paia di fari puntati verso la villetta di Ciocchetti, a scalfire il biancore dentro al quale sembravano muoversi degli spettri senza voce.

- siamo sottovento: qualsiasi cosa stiano dicendo non la sentiremo mai -
- non possiamo avvicinarci? -
- rischieremmo di essere scoperti -
- da qui non si vede praticamente nulla -
- lo so -

Si trovavano ad una ventina di metri di distanza dall'abitazione. Procedendo lungo il tratto in salita, che avevano affrontato dal lato opposto rispetto a quello utilizzato da Bezzi nel suo pedinamento, avevano progressivamente mutato direzione fino a trovarsi a favore di vento. Il caseggiato sorgeva ora sulla loro destra, alcuni metri più in basso rispetto a dove si erano appostati dietro una breve fila di alberi innevati.

I latrati non cessavano, sempre più cupi e stridenti, e le ombre continuavano a muoversi avanti e indietro, tra i fari e un punto che doveva corrispondere alla porta di ingresso.

- credo che il nostro uomo, che poi è anche il loro, non sia in casa -
- questo lo avevo capito da sola, Fulvio. Hai mai avuto un cane? - aggiunse senza guardarlo
- no -
- si vede -
- da cosa? -
- dal fatto che non hai compreso una verità purtroppo evidente per il cane di Ciocchetti -
- cioè? -
- lo ha abbandonato. Lo si capisce da come sta abbaiando
- è scappato! Prevedibile se... -

- se? -
- se ipotizziamo che fosse anche lui con suo fratello questa sera -
- sono entrati tutti e due nell'appartamento di Lorenz? -
- non necessariamente. Anzi, è più probabile che Piero attendesse Ernesto in strada, magari dentro una vettura, con il motore acceso -
- per darsela a gambe una volta terminato quello che andava fatto -
- già. Poi deve aver sentito il rumore delle sirene e magari ha pure intravisto i lampeggianti delle volanti. Non gli sarà stato difficile concludere quale piega avessero preso gli eventi -
- il suo cane poteva però passarlo a prendere -
- tu lo avresti fatto? -
- si vede ancora una volta che non ne hai mai avuto uno -
- ma lui sì. Forse ha solo dovuto fare una scelta, in base al tempo di cui stimava di disporre per mettersi al sicuro da Volcan -
- spero non gli facciano del male -
- devono ancora catturarlo... -
- mi riferivo al cane -
Trascorsero alcuni minuti in cui rimasero tutti immobili: Bezzi, Irene, il commissario e i poliziotti, in mezzo alla neve come tronchi scheletriti dall'inverno, fino a quando una vettura non sbucò dalla strada sottostante gettando qualche manciata di luce verso monte e arrestandosi a fianco delle altre. Per un istante fu possibile distinguere il colore della carrozzeria.
- Vigili del Fuoco. Sono venuti ad aprire la porta -
- spero anche a salvare il cane -
- è una delle loro specialità -
- non scherzare -
- non lo stavo facendo -
L'operazione durò pochi minuti, fino a quando ai latrati si sostituì un abbaiare moderatamente festoso,

interlocutorio. A quel punto le ombre ripresero a muoversi e scomparvero dentro la villetta, tranne due che risalirono sulla vettura riportandola verso valle.

- il nostro quadrupede è stato tratto in salvo -
- chissà dove lo porteranno -
- esistono enti e strutture specializzate, credo -
- speriamo che qualcuno se ne prenda cura -
- certamente non Piero Ciocchetti -
- l'unico che avrebbe senso per lui -
- si dovrà accontentare di qualcun altro, magari con minore propensione a delinquere -
- dove sarà andato? -
- non ne ho idea - indugiò un istante - mi è stato descritto come un buon camminatore. Può darsi che sia fuggito a piedi. In mezzo a questi monti deve essere difficile catturare qualcuno, soprattutto se conosce bene i luoghi, come nel suo caso -
- lo staranno già cercando? -
- penso proprio di sì. Volcan avrà sguinzagliato i rinforzi mentre lui - indicò davanti a sé - si occupa della casa, scelta più confortevole e consona alla sua età, visti i rigori della serata in corso -
- perché, tu saresti invece in grado di inseguire Ciocchetti in mezzo a questa bufera? - lo stuzzicò
- decisamente no. Anzi, data la particolare avversità del clima, associata alla completa inutilità, a questo punto, della nostra permanenza qui, proporrei di ritirarci in un luogo chiuso dove ristorare adeguatamente i nostri fisici, o quantomeno il mio, provati dal freddo, dal vento e dalla neve -
- hai fame insomma -
- sono pronto ad affrontare il menù degustazione più ricco ed impegnativo di tutta la valle -
- basta che, qualsiasi luogo tu abbia in mente, non sia troppo distante. Il clima avverso, come lo chiami tu, sta mettendo a dura prova anche la sottoscritta -

- per quanto ben più giovane del qui presente -
- infatti. Evidentemente il freddo non fa distinzioni di questo tipo -
- comunque il ristorante che ho in mente affaccia sulla strada principale. Da qui sono pochi metri in discesa - consultò l'orologio - precisamente l'ora di cena. In barba a Volcan che stasera digiuna -

Capitolo 19

- Sembrerebbe un martello -
- la forma potrebbe essere quella, ma la foto è poco nitida
Purtroppo lo zoom elettronico aveva sgranato molto
l'immagine, rendendone difficoltosa l'interpretazione.
Dentro al sacchetto trasportato da Volcan era visibile un
oggetto dal manico lungo e affusolato, con l'impugnatura
di colore diverso rispetto al resto del corpo, formato di
nudo metallo così come la testa e la penna. Questo era
tutto quanto si poteva affermare con ragionevole certezza
riguardo l'utensile.
- qualcosa non ti convince, Fulvio? -
- avrei bisogno di un'immagine migliore per potermi sbi-
lanciare. Per il momento posso solo dire che mi sembra
un martello diverso dai soliti. Ma potrei sbagliarmi -
Il vento era finalmente cessato lasciando il cielo sgombro
di nubi. Un azzurro profondo e pulito illuminava il mattino incredibilmente freddo.
Bezzi si accostò alla finestra della camera da letto, che affacciava sulla strada principale, quasi deserta nonostante
fosse l'orario in cui di solito la carovana automobilisti-
ca degli sciatori intasava il fondo valle per poi ramifi-
carsi lungo i percorsi che conducevano ai comprensori.
Evidentemente la rigidezza della temperatura doveva
aver scoraggiato molti di loro, portandoli a prediligere
una giornata da trascorrere nei locali e nei negozi di cui il
paese risultava ben fornito.
- chissà se avranno catturato Ciocchetti -
- sarei curioso di domandarlo a Volcan, ma non credo ap-
prezzerebbe il mio interessamento -
- almeno avremmo qualche aggiornamento, visto che noi
non possiamo più fare altro -

- già: quello che ci sarebbe stato utile sapere, Lorenz glielo avrà già dettagliatamente raccontato -
- credi che chiuderà il caso prima di noi? -
- ne sono quasi certo. D'altronde si trova in una situazione di netto vantaggio -
- potrebbe sempre prendere un abbaglio -
- non mi dispiacerebbe, ma non mi sembra così incompetente. E poi, con le ultime evoluzioni che ci sono state... -
- non mi piaci molto come pessimista -
- lo divento quando è inevitabile -
- è vero. Di solito te la cavi meglio con il buon umore, però -
- qualche idea per farmelo tornare? -
- una bella passeggiata? -
- tonificante, ma fa un freddo terribile -
- meglio: cammineremo più in fretta -
- per andare dove? -
- non so lo. Sei tu l'esperto della zona -
Il commissario si allontanò dalla finestra e raggiunse il soggiorno, diretto alla madia di fianco al tavolo. In un angolo del pianale oblungo, di legno chiaro e solido, si trovava una pila sottile di biglietti da visita, tutti appartenenti a quelli che Bezzi aveva classificato come i ristoranti degni di nota, e di memoria, da lui personalmente testati durante il suo soggiorno. Ne scelse uno abbastanza vicino da non richiedere l'utilizzo dell'automobile e fece per comporre il numero di telefono del locale per prenotare un tavolo, ma si arrestò di colpo e rimise il cellulare in tasca. Irene lo osservò incuriosita.
- hai avuto una splendida idea! -
- quale esattamente? -
- la passeggiata! -
- fino a un secondo fa non ne eri così entusiasta -
- perché non avevo pensato alla meta giusta -
- e sarebbe? -
- Le Respe! -

- non vorrei disilluderti, ma qualsiasi traccia di Teroldego il professor Mela possa aver individuato, adesso giacerà sotto un metro abbondante di neve, così come tutto il terreno circostante nel raggio di qualche chilometro quadrato -
- probabile, ma una passeggiata ormai dobbiamo pur farla. E da qui è pure abbastanza vicino il posto -
- vedo che sei tornato ottimista. Spero solo non ti sia sbagliato nel valutare la distanza -
Consultò la carta escursionistica prima di risponderle.
- no, ricordavo bene: lo raggiungeremo piuttosto alla svelta se procediamo di buon passo -

Camminarono per la maggior parte del tempo in fila indiana, calpestando il fondo stradale sgombro di neve e non scivoloso; il commissario in testa, seguito da Irene che ne ricalcava i passi metodici e cadenzati lungo le prime curve che abbracciavano il versante con tornanti ampi e lenti, dove le poche auto scalavano di marcia, a volte ingranando persino la prima, prima di guadagnare il tratto di rettilineo successivo. Una corriera sciistica, di servizio dal paese al passo, tuonò un colpo di clacson per ammonirli che il transito per la strada era proibito ai pedoni, quantomeno in quelle condizioni climatiche, con tutta quella neve pronta a riversarsi sull'asfalto alla prima impennata di vento, che poteva sempre tornare a soffiare. Irene si affrettò a sbracciare in direzione di una strada secondaria che si apriva poco più avanti, risposta che parve rasserenare parzialmente l'arcigno conducente, il quale rinvigorì la corsa del pesante automezzo con una rumorosa e fumosa accelerata.
- di quanto ho mentito? - domandò quando l'aria si fece più respirabile
- più o meno di un paio di chilometri - replicò Bezzi dopo aver estratto e consultato la carta.
- speravo di meno -

- già stanca? -
- no, impaziente -
- allora ammetti che ho avuto una buona idea! -
- l'opposto: non vedo l'ora che la tua idea si riveli tutt'altro che buona per scegliere una meta più interessante -
- nel malaugurato caso dovesse essere così, la sceglierai tu - puntualizzò piccato
- o magari ne troverai tu una migliore -
- è presto per dirlo -
- meriti ancora duemila metri di fiducia, infatti -
Gli prese la mano.
- pessima idea: è pericoloso camminare affiancati -
- mi sembra che di traffico non ce ne sia molto. Ma se preferisci che mi rimetta dietro di te... -
- no, non lo preferisco -
- collezioneremo qualche altro rimprovero di segnalatore acustico? -
- probabile, ma affiancati si cammina meglio. In effetti -
- sei più veloce di quanto credessi - lo apostrofò sorridendogli. Il gelo dava forma al suo respiro
- a camminare? -
- no -
- a cosa, allora? -
- non certo a capire, a quanto pare -
Continuava a sorridergli.
- forse sei tu ad essere troppo misteriosa -
Sorrideva anche il commissario, guardando la strada in salita.

Le Respe se le sarebbero trovate sulla destra, senza che fosse necessario individuarne l'esatta ubicazione attraverso accurate considerazioni topografiche. Si era infatti rivelato sufficiente, non molto dopo aver ripreso il cammino, domandare conferma a una donna anziana, intenta a spalare un sentiero largo e diritto, della necessità di proseguire lungo la strada maestra per ancora qualche centinaio di metri nel gelo proibitivo della mattinata. Confortati dalla risposta affermativa dell'attempata sbadilatrice, che non riuscì del tutto a nascondere la sua curiosità per l'interesse dei due forestieri verso la ben poco nota micro località montana, ripresero il cammino dopo aver a loro volta risposto, ma negativamente, al quesito di quest'ultima se fossero dei giornalisti.

- un'opzione mimetica a cui non avevo ancora pensato, ma che potrebbe, forse assai meglio della mia vera identità professionale, tornarmi utile nelle indagini -
- io invece mi sto domandando cosa dovrebbe mai andarci a fare una giornalista a Le Respe -
- chissà, forse la lettera del buon Mela ha sortito i suoi effetti e ora la località è oggetto delle cure di qualche comunità di esperti paleoenologi di fama mondiale -
- ma che idioti, Fulvio! - replicò battendosi una mano sulla fronte
- un livello di autostima collettivo così basso si basa su qualche particolare motivazione cogente? -
- certamente: avevamo il nome del destinatario a portata di mano, o quantomeno la categoria a cui appartiene. La Spettabile a cui ha scritto Mela deve essere una Soprintendenza, l'ente giusto da contattare per richiedere il sequestro di un terreno di interesse storico o culturale -
- già - convenne Bezzi - la Soprintendenza dei Beni Ambientali, o forse quella dei Beni Culturali. Comunque sia, l'intuizione funziona e questo mi consola: non avrei mai creduto che le mie battute potessero avere un'utilità pratica, incluse quelle particolarmente scontate come l'ultima appena prodotta -
- un terreno espropriato... se confermata, sembra una pista interessante -
Bezzi si fermò, trattenendola per la mano. La strada correva diritta in quel punto, uno iato nerastro e umido nel bianco circostante. Sotto, in lontananza, scampoli di valle comparivano incastonati fra gli alberi, dove il paesaggio

cambiava respiro. Più in là ancora, all'estremo della vista, le montagne rimanevano forme nette di roccia innevata incisa nel cielo. Davanti, dopo una costruzione di legno isolata, l'asfalto piegava in una curva, fiancheggiato da un guard rail di metallo.

- in realtà credo tu abbia appena individuato il movente dell'omicidio di Mela -

- cioè? -

- quando ho chiesto in giro di Piero Ciocchetti, mi hanno raccontato che, la sua, è stata un tempo una famiglia di allevatori benestanti e rinomati. Avevano diversi possedimenti fra abitazioni rurali, che qui si chiamano Masi, e pascoli, sia nella valle sia fra i terreni che portano al passo

- avevano? -

- poi sono caduti in rovina -

- quando -

- tempo fa, dopo la guerra. Sembra abbiano perso tutto -

- o quasi tutto -

- infatti. Se qualche proprietà o qualche appezzamento gli è rimasto, sono quasi certo che si trovi nella località che abbiamo ormai raggiunto -

- un ricordo di famiglia, praticamente un cimelio della gloria passata dei Ciocchetti, da custodire e mantenere ad ogni costo -

- e da proteggere da qualsiasi rischio, compreso quello di esproprio -

- sopratutto da quello -

- quando poi la motivazione non sarebbe altro che qualche insulso resto organico di migliaia di anni prima. Una manciata di niente su un argomento di nessun interesse, come la produzione del vino ai tempi in cui qui vivevano solo selvaggi tribali e beoni -

- una motivazione inammissibile e mortificante per una famiglia a cui ormai non è rimasto più nulla -

- senso di ingiustizia -

- rabbia -

- volontà di non subire -
- azione -
- Mela e la sua assurda conferenza offrono il luogo e il momento -
- Ernesto Ciocchetti fornisce la mano d'opera qualificata -
- e sparisce dalla finestra del bagno dopo avergli fratturato l'osso del collo. È notte e nessuno lo vede -
- con sé, nascosto nella giacca, porta il martello -
- già... il martello -
- funziona, come diresti tu. Vero Fulvio? Fulvio? -
- così sembra -

Quando ebbero finalmente raggiunto il luogo, apparve subito chiara, e motivata, la curiosità dell'alacre vegliar-da verso la loro possibile occupazione professionale: il nastro della Polizia delimitava una porzione ampia che, partendo dalla strada, saliva lungo il pendio fino alla li-nea fitta degli alberi ricolmi di neve. Sfortunatamente, la striscia a bande bianche e rosse non costituiva l'unica ma-nifestazione delle forze dell'ordine, che erano invece ben numerosamente presenti di persona, coordinate nei loro vari compiti dal commissario Volcan, il quale non poté fare a meno di volgersi in direzione dei due inattesi pas-santi, una volta che ne ebbe udito i passi.
- qualsiasi cosa proverà a dirmi, sarà sufficiente ricorda-gli che possiamo passeggiare dove meglio crediamo e quando meglio crediamo -
- a meno che non abbia pronto in tasca un provvedimento restrittivo nei tuoi confronti. Fossi in lui ci avrei pensato -
- non è così facile procurarselo, per fortuna -
Volcan scelse invece di sorprenderli con un sorriso fred-do e cordiale e con un fare affabilmente sbrigativo.
- buongiorno - li salutò rivolgendosi a entrambi. Per evi-tare di parlare a voce troppo alta andò loro incontro af-fondando con agilità nella neve alta. Nessuno dei due si mosse per non rischiare di profanare l'area perimetrata,

scelta che Volcan parve apprezzare.

- come mai da queste parti? - la domanda non sembrava avere sottintesi inquisitori. Il tono era quello di una scarsa e formale curiosità. Per sicurezza Bezzi mantenne comunque lo sguardo fisso in quello del commissario, evitando di spingerlo oltre le sue spalle.

- volevamo fare una passeggiata, approfittando della bella giornata -

- non è un granché da casa vostra a qui. Immagino proseguirete verso il passo -

- era infatti questa la nostra intenzione, commissario - mentì Irene

- molto bene. Qui comunque non ci si può fermare. Come vedete sono in corso delle indagini -

- abbiamo senz'altro notato - si limitò a confermare Bezzi. Gli occhi chiari del commissario scintillavano per il riflesso della neve. Dalla barba incolta e rigida pendevano minuscole stalattiti di ghiaccio. Le labbra piene non presentavano il minimo livore nonostante il gelo. Sembrava stanco ed eccitato allo stesso tempo. Emanava odore di vestiti indossati troppo a lungo.

- non vi nascondo che sono stati giorni duri, questi ultimi. È da ieri sera che siamo in giro per il caso che ben conoscete -

- davvero? -

- sì, collega - non lo aveva ancora apostrofato con quel termine - ma finalmente lo abbiamo risolto -

- eccellente - lo assecondò improvvisando la più apatica delle inflessioni.

Una volpe sbucò non vista dal lato opposto della strada, il manto macchiato di neve. Osservò per qualche istante il drappello umano, forse per valutarne la pericolosità rispetto alla distanza. Poi riprese il cammino dirigendosi verso il nastro di delimitazione. Lo oltrepassò e sparse le sue impronte all'interno dell'area di indagine.

Un poliziotto provò a scacciarla urlandole dietro alcune

frasi in dialetto, ma la bestia non si mosse.

- avrà fiutato qualcosa - commentò Volcan, poi invitò il suo collaboratore a lasciar perdere. Fra poco se ne sarebbe andata per conto suo.

L'animale indugiò ancora in mezzo alla neve alta e poi fissò lo sguardo verso il basso, dove si trovavano Bezzi, Irene e Volcan. Quindi scomparve silenzioso in mezzo agli alberi.

- ci stava dicendo, commissario? -
- spiegavo appunto al mio collega di Milano che abbiamo risolto il caso. Purtroppo ci sono scappati altri due morti, oltre al professor Mela, ma almeno abbiamo evitato che ci fosse una seconda vittima -
- accidenti, sembra una faccenda davvero complicata! - civettò
- proprio così - sospirò sollevato - ma adesso che tutto è finito, e dal momento che non avete più interferito con le indagini dopo la mia ultima visita a casa vostra, mi farebbe piacere raccontarvi la vicenda -
- un premio per il buon comportamento? -
-veda lei, Bezzi, se interpretarlo così. E soprattutto non si senta in dovere di accettare: possiamo anche farne a meno tutti quanti -
- ma siete impazziti? Litigare adesso che la faccenda si è conclusa e lasciare, in questo modo, una povera donna curiosa all'oscuro dei fatti? -
- hai ragione Irene, sarebbe proprio una pessima idea. In ogni senso -
- passiamo in ufficio da lei quando è comodo? -
- no, signora. Mi piacerebbe invitarvi a cena e chiudere così la questione nel migliore dei modi -
- addiritt... - provò a controbattere Bezzi, prima di ricevere una dolorosissima, quanto invisibile, gomitata in mezzo alle costole. La perizia marziale di Irene era rimasta invariata dalla prima volta che aveva avuto la sventura di sperimentarla.

- ne saremo onorati -

Gli comunicò il locale che aveva in mente e che Bezzi approvò sinceramente, avendone sentito magnificare le qualità gastronomiche. Si misero d'accordo per quella sera stessa e si salutarono.

Ripresero il cammino nella direzione immaginata, e di fatto imposta, da Volcan.

- hai davvero intenzione di camminare fino al passo? -

- no, è troppo lontano. Mi sarebbe invece piaciuto fermarmi qui: a quanto pare era il posto giusto -

- pensi che Volcan ci abbia trovato il cadavere di Piero Ciocchetti? -

- un cadavere ce lo ha trovato di sicuro, visto quanto lui stesso ci ha appena riferito, e, sinceramente, non mi vengono in mente molti altri possibili candidati alla dipartita

- perché anche il secondo e ultimo Ciocchetti dovrebbe essere morto, mettendo così fine alla sua sventurata stirpe? -

-f orse è stato ferito durante l'inseguimento... -

- ma? -

Ripensò alla volpe - non saprei - concluse senza sapere esattamente cosa altro aggiungere.

Proseguirono per un paio di chilometri senza quasi parlare. Il paesaggio si era fatto ancora più scintillante e immobile sotto una luce intensa e acerba. Soprassedendo a qualsiasi disciplina del buon senso camminavano affiancati, tenendosi per mano, con lo stesso passo. Gli occhi di Irene erano purissimi e tristi. Il commissario li osservò di sfuggita, poi si concentrò sull'orizzonte che sembrava salire verso il cielo. Si strinsero la mano un po' più forte, percependone la forma attraverso i guanti, ma non il calore.

Un'altra corriera, provenendo alle spalle, diede fondo all'avvisatore acustico, li superò di alcuni metri e si

fermò. Dalla porta dei passeggeri ne scese il conducente, che interpellò Bezzi:
- volete salire? È pericoloso camminare a bordo strada - Il commissario scambiò un'occhiata con Irene prima di rispondere affermativamente.
- la prossima fermata è direttamente il passo -
- per noi va benissimo: non avevamo in mente una meta in particolare e stavamo quasi per tornare indietro, ma una visita al passo con una giornata così bella mi sembra un'ottima idea -
Presero posto in seconda fila. L'automezzo era quasi vuoto.

Davanti a loro, su entrambi i lati del corridoio, sedevano due coppie di turisti anziani. Parlavano tedesco e sembravano di ottimo umore. Probabilmente erano di ritorno da qualche gita in mezzo alla neve: dalle cappelliere sopra i loro sedili spuntavano delle ciaspole ancora umide. Un pranzo adeguato allo sforzo mattutino doveva attenderli in uno dei numerosi rifugi che, a breve, sarebbero comparsi lungo la strada e sui versanti.

Le due donne conversavano gioviali, affacciate una a fianco dell'altra. Gli uomini sorridevano e annuivano mentre guardavano davanti a sé e fuori dal finestrino.

In pochi minuti raggiunsero il passo. La corriera accostò nello slargo riservato e aprì la porta anteriore. Bezzi e Irene scesero. La doppia coppia rimase a bordo, rivolgendo loro un segno di saluto mentre l'automezzo ripartiva.

Lo spiazzo del parcheggio era quasi vuoto di auto. In diversi punti il ghiaccio vivo affiorava rendendo difficoltose le manovre, specialmente in corrispondenza della breve rampa che immetteva nella strada. Un fuoristrada di dimensioni ciclopiche, dall'assetto stradale affetto da gigantismo, eseguì alcuni testa coda per diletto del conducente e della sua famiglia. Gli addetti al parcheggio si scambiarono qualche occhiata perplessa e svogliata, decidendo telepaticamente di lasciar correre.

Dall'improbabile automobile, sempre che sussistessero le caratteristiche fondamentali per poterla definire tale, scesero, nell'ordine, una giovane donna, notevole sotto ogni punto di vista estetico, due ragazzini, un maschio ed una femmina, nei quali il dna della madre si era riprodotto con assoluta fedeltà fisionomica, e un uomo, giovane, ma non altrettanto giovane, dall'aspetto e dai modi genuinamente mascolini. Parlavano una lingua che sembrava russo. Un'occhiata alla targa confermò l'esattezza della deduzione fonetica del commissario. Senza guardarsi attorno, puntarono dritti al negozio che noleggiava sci, dall'altro lato della strada.

- buongiorno, eccovi di nuovo qui -

Si volsero verso monte e videro la signora Felicetti farglisi incontro. Per quanto si trovasse ancora piuttosto distante, aveva parlato a voce bassa, sovrastando il silenzio quanto bastava. Indossava un paio di pantaloni scuri e puliti e una giacca color rosso. Scendeva senza fretta, sgranando i passi nella neve alta. Bezzi e Irene le risposero con un cenno.

- mi fa piacere rivedervi qui. Io sto andando in paese. Volevo già scendere ieri pomeriggio ma le vacche erano troppo nervose per il vento. Non mi fidavo a lasciarle sole -

- prende la macchina? -

- no, aspetto la corriera. Oggi non mi va di guidare. Questa notte ho dormito male per via delle bestie e del trambusto che c'è stato per strada -

- davvero? -

- sì, signora -

- cosa è successo? -

- c'era la polizia che andava avanti e indietro in continuazione. A sirene spente, certo, ma il via vai si vedeva lo stesso a causa dei lampeggianti. Io ero già sveglia per conto mio... E poi gli agenti, poveretti, su e giù per i boschi con quel vento e quel freddo. La luce delle torce mi

faceva quasi pena a immaginarmeli lì in mezzo alla notte
Si fregò le mani e aggiustò il cappello di lana, calcandolo
bene sulla fronte. Ora guardava il commissario.

- hanno preso Ciocchetti, vero? -
- in sostanza sì, ma la faccenda è un po' più lunga e complicata da spiegare -
- peccato, adesso ho premura. La corriera passa fra cinque minuti -
- possiamo venire con lei se le fa piacere. Anche noi siamo senza auto oggi -
- un po' di compagnia non guasta mai -
Li precedette tagliando il parcheggio in diagonale, fino all'attraversamento pedonale. La pensilina, una semplice panca di legno ricoperta di neve, si trovava lì di fronte, a fianco dell'ingresso di un piccolo sportello bancario. Un uomo stava prelevando al Bancomat mentre imprecava per il freddo e per i guanti troppo grandi che non gli consentivano di digitare correttamente le cifre sulla tastiera. Li sfilò e soffiò sulle dita prima di battere finalmente la giusta sequenza. Con la presa già intorpidita fece per ritirare la tessera che gli scivolò di mano e scomparve nel cumulo di neve ai suoi piedi. Prima di chinarsi a raccoglierla, ritirò le banconote che un'altra fessura aveva appena sputato fuori. Queste riuscì a ficcarle nel portafoglio senza troppe complicazioni, per quanto la pelle gli fosse già diventata livida.

Bezzi pensò che con un freddo del genere si poteva morire in poco tempo.

A meno di non essere una volpe dal pelo folto e caldo che se ne va in giro ad annusare le tracce lasciate dalla morte altrui.

Capitolo 20

Il locale scelto da Volcan si trovava a qualche chilometro di distanza dal paese, in direzione di Canazei. Sorgeva lungo la strada principale con una facciata di color grigio chiaro e verde e due vetrate velate da tende sottili e opache, attraverso le quali la luce interna diluiva un ritaglio di notte. Parcheggiarono poco più avanti, in uno spiazzo riservato e delimitato da transenne di legno, pulite e sgombre di neve. C'era molto ghiaccio in terra, per via del freddo. Irene camminava a fianco di Bezzi, fingendo con maestria impeccabile di aver bisogno del suo braccio per mantenere l'equilibrio.

Il commissario, in testa, faceva strada con i suoi scarponi dalla suola spessa e frastagliata. Un lampione rischiarava il breve percorso gettando luce sull'insegna di legno dipinto.

- buonasera Riccardo, come stai? - lo accolse sulla porta una donna alta e magra, che indossava un abito tradizionale - è bello rivederti ogni tanto. Da quando ti sei spostato a Trento... -

- non c'è male, anche se sono un po' stanco. Ieri mi è toccato passare la notte in piedi -

- oh mi dispiace. Ti sarai preso una bella infreddata con tutto quel vento -

- a quello non ci si abitua mai quando è così forte -

- sono i tuoi ospiti? -

Strinse loro la mano e si presentò. Era la proprietaria del locale. Suo marito, lo chef, sarebbe comparso più tardi a salutarli.

- prego, seguitemi: vi ho tenuto il tavolo vicino alla stufa. È comodo, caldo e appartato, come mi avevi chiesto tu Riccardo -

- grazie Anna -

Li condusse in un angolo della sala, occupato per un

buon tratto da un'alta e imponente stufa di maiolica a piastrelle quadrate, decorate con motivi simmetrici verdi a foglia. Su entrambe le pareti correva una panca con schienale, la cui imbottitura richiamava i colori dell'apparecchio. Il tavolo aveva una forma arcuata che consentiva di collegare tra loro due panche collocate attorno alla stufa; un sedile del medesimo profilo correva lungo il lato opposto. Tre posti erano stati apparecchiati con stoviglie raffinate ed eleganti, sopra una tovaglia bianca ricamata a fiori. Volcan si sedette appoggiando la schiena sulla stufa.

- devo ancora togliermi di dosso il freddo di ieri - osservò come per giustificarsi.

Bezzi e Irene si accomodarono di fronte.

Delle applique a forma di candela spandevano una luce pastosa e raccolta.

Non vi erano altri clienti in quella porzione del locale.

Con immensa gioia, Bezzi poté constatare l'assoluta assenza di qualsiasi musica di sottofondo. L'unico suono udibile era il tintinnio delle posate e dei calici, assieme a scampoli di conversazione scambiati a bassa voce.

Un cameriere, misuratamente loquace e altamente efficiente, portò dei crostini con carne salada e cipolla, accompagnandoli con tre calici di Nosiola serviti alla giusta temperatura; poi distribuì i menù, porgendo a Irene quello senza indicazione dei prezzi.

- ci suggerisce qualcosa, commissario? -

- per l'amor del cielo, signora: non sono un frequentatore di posti così raffinati, anche se conosco molto bene la famiglia che lo gestisce. Ci vengo quando voglio fare bella figura e avevo piacere a portarvi qui per festeggiare la conclusione delle indagini, definitiva per tutti, e raccontarvi finalmente cosa si nascondeva dietro l'omicidio del povero Angelo -

- allora potrei permettermi di suggerire io qualche pietanza - intervenne Bezzi richiudendo il menù che aveva

già mandato a memoria -
- se se la sente... tanto per me un piatto vale l'altro: si mangia sempre bene dalle nostre parti -
- sì, ma si mangia ancora meglio valorizzando le pietanze con il miglior abbinamento reciproco, da cui discende inevitabilmente anche la scelta del vino più appropriato -
- quanti paroloni, collega - ribatté addentando il suo crostino con un unico, tombale, morso.
- lei suona qualche strumento, Volcan? -
- no -
- non mi sorprende. Immagino sia per il poco tempo libero che il suo lavoro le concede -
- no, è perché non mi interessa -
- peccato: a livello metaforico, il concetto di strumento illustra splendidamente la mia concezione filosofica del cibo -
- se si sbriga a farlo può anche spiegarmela, così poi riusciamo ad ordinare prima che la cucina chiuda -
- per fargliela breve, e semplice, un buon pasto è come uno strumento. Ogni parte deve essere connessa alle altre nel modo corretto. Si immagini una chitarra: il ponte, la cassa armonica, le corde, le chiavi: non costituiscono componenti a sé stanti, ma elementi di un unico manufatto. Questo suonerà male se quelle non sono legate fra loro come gli arti di un organismo -
- d'accordo, ho capito. Adesso possiamo finalmente ordinare? Il mio organismo ha fame -
- va bene -
- e allora? Cosa ci suggerisce? -
Presero strudel salato a base di verdure e Cuor di Fassa a bassa stagionatura, per proseguire con tortelli all'ortica con burro agli aromi alpini e lombo di cervo cotto su brace di cirmolo. Al dolce avrebbero pensato in un secondo momento.
- che ne dice, Volcan, accompagniamo le pietanze con una bottiglia di Zweigelt del 2015? Mi sembra il vino con

la struttura e la corposità più indicata per le nostre scelte
Il commissario si limitò ad un rapido cenno di assenso.
Annuì anche Irene, con maggiore solennità e condiscendenza. Bezzi fece un cenno al cameriere di far aggiungere la bottiglia che aveva selezionato, ma aggirò la cerimonia dell'assaggio, affermando che non era necessario.

- il colore è perfetto - si limitò ad osservare, lasciando stupefatto e un po' perplesso l'attendente di sala quando questi si apprestò a versarne un piccolo campione nel suo calice.

Consumarono un brindisi generico, poi Irene prese la parola.

- allora, commissario, siamo pronti e ansiosi di ascoltarla e di conoscere anche noi i risvolti e la soluzione del caso

- va bene. Siamo qui per questo. Da dove volete che cominci? -

- parta pure dall'inizio, tralasciando però il ritrovamento del cadavere, ovviamente. Argomento sul quale mi sento molto più preparato di tutti voi -

- Mela, Angelo, è stato ucciso da un colpo di martello infertogli alla base del collo, che ne ha fratturato fatalmente l'osso -

- una morte rapida e pietosa... - si lasciò volutamente scappare Bezzi.

- poco importa - riprese Volcan infastidito dall'interruzione - se l'assassino avesse nutrito pietà non lo avrebbe ucciso -

- non è così scontato -

- ma insomma, Fulvio, lascia parlare il commissario! -

- grazie signora -

- mi chiami pure Irene -

- d'accordo -

- ecco, ci stava raccontando di come è stato ucciso il povero professore, ma, mi scusi per l'impazienza: chi è stato a farlo fuori? -

- c'è una storia dietro la sua morte, la storia di una

famiglia del posto, molto nota un tempo ma poi caduta in disgrazia -

- può farcene il nome? -

- normalmente non mi sarebbe permesso perché le indagini sono ancora formalmente in corso. Ma in questo caso, purtroppo, posso fare un'eccezione -

- purtroppo? -

- sì perché della famiglia Ciocchetti, ecco il nome, non è rimasto più nessuno. Gli ultimi due discendenti, i fratelli Piero ed Ernesto sono morti -

- ieri, immagino - si inserì nuovamente Bezzi

- Ernesto certamente, Piero molto probabilmente. O forse nelle prime ore di questa mattina, ma non fa molta differenza -

- sono loro gli assassini di Mela? -

- materialmente, abbiamo la certezza che lo abbia ucciso Ernesto, ma l'idea e la volontà di farlo è stata sicuramente di entrambi -

- come fate ad esserne certi? - lo guardava ostentando un'impeccabile curiosità mista ad incipiente ammirazione.

- Angelo è stato ucciso, come ben sappiamo, nei bagni del teatro, di cui Piero Ciocchetti era il custode e l'addetto alla biglietteria. Impossibile dunque pensare che sia stato lui a compiere il delitto durante l'orario di lavoro -

- anche perché l'assassino è fuggito dalla finestra di una delle cabine della toilette. A meno che il signor Piero non volesse far arieggiare il locale dove aveva alloggiato il cadavere di Mela -

- in effetti... - cercò di fulminarlo con lo sguardo, ma Bezzi nascose il suo dietro la coppa purpurea del calice che si era portato alle labbra.

- ok. Abbiamo gli assassini, ma non ci ha ancora detto nulla sul movente -

- ci stavo arrivando, ma con tutte queste interruzioni... - Bezzi posò con serafica noncuranza il calice sul tavolo e

sorrise incondizionatamente al cameriere che si era presentato con gli antipasti, serviti dentro piatti ampi e sottili, con una garniture di ricercata essenzialità.
- chiederei cortesemente, se entrambi siete d'accordo, di procrastinare l'avvincente resoconto alla prossima pausa
- pausa? - domandò confuso Volcan.
- sì, quella fra l'antipasto, qui profumantemente presente, e il primo piatto che lo seguirà sul nostro tavolo a tempo debito -
- le sembrerebbe così sbagliato continuare a parlare? -
- assolutamente inammissibile, in linea di principio, quando si gusta una pietanza, e ancor più riprovevole di fronte ad una entrée così meravigliosamente presentata -
- sia paziente, commissario. Su certi... principi Fulvio è inflessibile -
- e a buona ragione -
- questo sarebbe da vedere, ma va bene così -
Consumarono la portata in silenzio. Bezzi si premurò di servire nuovamente il vino a Irene e a Volcan, prima di versarlo anche nel suo calice. Dalla cucina si affacciò la proprietaria, soddisfatta della assorta concentrazione dei commensali. Un gruppo di una decina di avventori entrò nel locale con solide intenzioni culinarie, che però vennero inesorabilmente stroncate dalla mancanza di posto. Non avevano prenotato e il ristorante disponeva solo di pochi coperti. Bezzi ebbe l'impressione che il rifiuto non fosse una questione di ingombro spaziale, quanto di chiassosità della piccola comitiva, composta da un assortimento maschile e femminile di individui non molto oltre la ventina di anni. Decisamente una clientela non usuale per il posto e per il suo ambiente raccolto e sussurrante.
I piatti vennero presto ripuliti del loro contenuto, che si rivelò assolutamente all'altezza dell'aspetto, oltre che delle aspettative, e sparecchiati.
- riprendendo il discorso, per rispondere alla sua

domanda sul movente bisogna che vi dica qualcosa sulla famiglia Ciocchetti -

- prego, sono molto curiosa -

Bezzi nascose un sorriso dietro il tovagliolo con cui finse di asciugarsi le labbra invero neppure umide.

- come accennavo poco fa, la famiglia Ciocchetti era un tempo ricca e possedeva diverse proprietà, terreni e pascoli nella valle e salendo verso il passo. Poi, la guerra... insomma, per farvela breve: sono caduti in disgrazia e non gli è rimasto praticamente più nulla, se non un paio di piccoli appezzamenti sparsi in ricordo dei bei tempi. In uno di questi, il professor Mela ha scoperto tracce di un antico vitigno di Teroldego, che è uno dei vini che produciamo in Trentino -

- davvero? -

- sì, proprio così. Una scoperta sensazionale, a quanto pare, anche se non ho ancora ben capito perché -

- forse legata all'altitudine? - suggerì Bezzi facendo oscillare il suo calice. Il vino lasciava un alone persistente lungo le pareti curve.

- boh, mi sembra sia così in effetti, comunque ha poca importanza per il nostro caso -

- a parte esserne la causa... - una fitta allo stinco, precisa e dolorosa come una puntura, lo colse da sotto al tavolo - mi scusi, prosegua pure - si arrese rinunciando a massaggiare il punto dolente in quanto troppo difficile da raggiungere senza dare nell'occhio. Cominciava a formicolare, ma confidava sarebbe passato presto.

- Angelo, quando ha avuto la certezza che i campioni di terra che aveva raccolto confermavano la sua ipotesi (li aveva fatti analizzare dall'università), ha scritto una lettera alla Soprintendenza dei Beni Culturali per far sottoporre a esproprio temporaneo il terreno -

- ma non poteva parlarne prima con i Ciocchetti? -

- ci aveva provato, ma Piero non aveva voluto sentire ragioni. Le mani sulla loro proprietà, a Le Respe, non ce le

avrebbe messe nessuno e per nessun motivo -
- è un nome che non mi è nuovo. Fulvio, dove lo abbiamo
già sentito? -
- lo abbiamo visto, non sentito, cara, questa mattina, sulla
cartina escurisonistica -
- ah già, che smemorata! Quando stavamo scegliendo la
meta della nostra passeggiata -
- precisamente, Irene. Alla fine abbiamo deciso di camminare e basta fino a quando non ci fossimo stancati - aggiunse per stornare qualsiasi sospetto da Volcan.
- è il luogo dove ci siamo incontrati e dove io e i miei ragazzi abbiamo recuperato il cadavere di Piero. Ma procediamo con ordine, altrimenti non potete capire -
Trangugiò quanto rimaneva nel calice e proseguì adot-
tando il presente storico, scelta temporale che Bezzi ap-
prezzò, pur ritenendola inconsapevole.
- di fronte al rifiuto categorico di Ciocchetti ad autorizza-
re anche un minimo e rapido intervento di scavo e indagine, roba di poche settimane a quanto mi hanno riferito, ad Angelo non rimane altra soluzione che notificargli
che adirà le vie legali. È chiaro che Piero non gradisce per
nulla. È qui entra in scena suo fratello Ernesto, l'assassino. Era un poco di buono, uno che entrava e usciva dal
carcere a Trento, sempre per reati minori, c'è però da dire.
Da qui invece se ne era andato tanti anni fa: nessuno sop-
portava più il suo modo di fare. Era un rissoso e alzava
troppo il gomito. Questo paese è un po' come una grande
famiglia, ma anche qui da noi la tolleranza ha un limite.
Deciso quindi a non mollare il colpo e pronto a tutto per
difendere la memoria della sua famiglia, Piero contatta
Ernesto e gli spiega la situazione. Questi è senz'altro d'accordo con il fratello: bisogna fermare il professor Mela.
Ovviamente entrambi ignorano che Angelo ha già contat-
tato le autorità competenti e che dunque qualsiasi iniziativa da parte loro risulterebbe del tutto inutile -
- e il calendario della stagione teatrale fornisce proprio

l'occasione propizia -

- proprio così, Bezzi. Propizia e perfetta, mi verrebbe da dire, in un luogo dove è facile entrare e poi sparire senza essere visti da nessuno -

- se si ha il complice giusto -

- appunto. Nel giorno fissato, che lei ha bene in mente, Piero, addetto del teatro, lascia aperta la finestra di uno dei bagni riservati agli uomini. Ernesto la scavalca senza problemi: era un uomo agile e muscoloso, tutto nervi, ma dalla corporatura snella. Entra nei bagni e attende che Angelo arrivi -

- come hanno fatto ad attirarlo lì? - domandò Irene, lanciando un'occhiata a Bezzi.

- non lo sappiamo per certo, ma non sarà stato poi molto difficile. Ci stavamo appunto lavorando per scoprirlo, ma gli ultimi eventi hanno reso superfluo lo sforzo. Magari Piero gli ha chiesto di seguirlo, o avranno escogitato qualche altro modo, forse tramite il cellulare, anche se quello di Angelo non aveva chiamate recenti e la casella dei messaggi è risultata completamente vuota -

"Questo me lo ricordo bene" pensò Bezzi "ma da vero idiota non gli avevo attribuito l'importanza che merita. Per fortuna esiste il detto meglio tardi che mai..."

- ecco, appunto, commissario: gli ultimi eventi. I due carnefici entrambi morti... sono così confusa che non ci capisco più niente! -

- mi dia tempo, signora, e vedrà che le sarà tutto chiaro -

Le versò un po' di vino nonostante il suo calice fosse già pieno per un terzo.

- torniamo ancora per un attimo nei bagni: Angelo ne varca la soglia e si imbatte in Ernesto. Non è detto che lo conoscesse di persona, quindi, senza nutrire alcun timore o sospetto, entra credendo di dovervi incontrare Piero. Si avvicina ai lavabi. Ha ancora il cellulare in mano e, al posto di riporlo in tasca, lo appoggia sul pianale, dove lo abbiamo ritrovato: forse sta aspettando un'altra chiamata.

Probabilmente, allora, approfitta dell'attesa per lavarsi le mani... -

- dando le spalle all'assassino! - cinguettò Irene - e così Ernesto si avvicina, veloce silenzioso, e gli assesta un'unica, letale, martellata alla base del collo -

- con quale tipo di martello? - Volcan inarcò un sopracciglio, rifletté sulla domanda posta da Bezzi e inarcò anche l'altro. Irene fu premurosa nel riempirgli il bicchiere e assestargli un sorriso incantevole.

- che domanda strana... - osservò comunque il commissario

- perché mai? Il nostro lavoro è fatto di particolari -

- ma solo di quelli significativi, collega. La curiosità per tutti gli altri potrebbe destare sospetti... -

- chi le dice che questo non lo sia un particolare importante? -

- sapendo già chi è l'assassino, non mi risulta in alcun modo tale -

- io mi permetto di essere meno ottimista, a meno che non abbiate ottenuto una confessione dai Ciocchetti, o da almeno uno dei due -

- in effetti no – riconobbe - ma la loro colpevolezza è fuori discussione. Come stavo dicendo... -

- non me lo vuole proprio dire allora di quale martello si trattava? -

- ma sì! – sbottò - se proprio ci tiene tanto: un martello da geologo. Di quelli che si usano per staccare scaglie di rocce e per rovistare tra lo sfasciume e il terreno. Soddisfatto? -

- sì, molto. Grazie -

Comparve nuovamente il cameriere con i primi, fumanti, fragranti e invitanti. Una vena di apprensione galleggiò nella sguardo di Irene. Volcan si irrigidì impercettibilmente sulla sedia. Bezzi sorrise accondiscendente come una divinità olimpica.

- Irene ha esagerato prima: non sono così inflessibile, se

e quando le circostanze richiedono diversamente. Lei ha fretta di concludere il suo racconto e forse anche questa cena, commissario. Quindi le propongo un ragionevole compromesso: lei racconta e io ascolto in silenzio. Cercherò di concentrarmi su entrambe le cose: le sue parole e questa delizia del palato -

- ce la puoi fare, Fulvio - l'apprensione era tornata sul fondo.

- insomma, fatto quello che doveva fare e nascosto il cadavere di Angelo, a Ernesto non è rimasto che uscire dalla stessa finestra attraverso la quale era entrato e scomparire senza che nessuno lo vedesse. È stato attento: non abbiamo trovato le sue impronte digitali nei bagni perché ha indossato i guanti. Tuttavia, abbiamo rilevato, fra le altre, impronte di un paio di scarponi assolutamente compatibili con quelli che indossava ieri, nel suo ultimo giorno di vita -

Fece una breve pausa, sufficiente ad ingurgitare una mezza dozzina di tortelli morbidi e carnosi.

- a questo punto, compiuto il delitto nell'illusione di aver così risolto la situazione, entriamo in scena io e i miei colleghi; iniziano le indagini e... spunta fuori una persona che ci permetterà di risolvere il caso! -

- spunta fuori? - domandò Bezzi infrangendo il voto del silenzio all'ultimo tortello rimastogli da gustare.

- in effetti è stato lui a contattarci - masticò a mezza bocca, lasciando intendere che sarebbero arrivati comunque a individuare l'individuo in questione - quando ha saputo quello che era accaduto al suo vecchio professore -

Questa volta sullo stinco di Bezzi si posò un tocco gentile. Uno sfregamento sensuale e complice, facente le veci di quanto non poteva essere espresso a parole.

- Diego, Diego Lorenz, è stato allievo di Angelo all'università di Trento e ha, a sua volta, intrapreso la carriera accademica. Oggi insegna Sociologia, mi sembra, e qualcos'altro di collegato. Lui e Angelo hanno sempre manutenuto buoni rapporti di stima e amicizia, tant'è che anche Diego avrebbe dovuto assistere alla conferenza... - Il cameriere si avvicinò al tavolo e sparecchiò i piatti. Dietro di lui comparve la signora Anna in persona per sincerarsi del gradimento della cena che era ormai giunta a metà dello squisito tragitto. I complimenti ricevuti le suscitarono l'idea che, forse, i commensali avrebbero gradito un'altra bottiglia di Zweigelt, poiché la prima si era estinta nei calici che la premurosa proprietaria aveva appena riempito. Volcan approvò senza riserve, con l'implicito e silenzioso assenso dei due compagni di tavola. Dalla stufa promanava un calore costante e un po' soffocante. Bezzi si sfilò il maglione e lo ripose sullo schienale della seggiola.

- ma, purtroppo, - riprese il commissario - era assente a causa di un impegno lavorativo ed è tornato a casa solo due giorni fa. Quando l'ho incontrato, nel mio ufficio, era sconvolto. Non si dava pace della morte orrenda del suo maestro, così lo chiama, e amico. L'ho ragguagliato, per quanto possibile e conveniente dato lo stato emotivo in cui versava, sugli eventi -

- poi, inevitabilmente, gli avrà domandato se era a conoscenza di qualche fatto o circostanza rilevante -

- ovviamente: gli avevo chiesto di venire per questo. E l'incontro ha dato i suoi frutti. A un certo punto, mentre consideravamo le diverse possibilità, mi ha mostrato la lettera scritta a macchina da Angelo, quella di cui vi ho parlato prima, che recava la data del 3 gennaio. Ne aveva una copia identica anche lui: gliela aveva consegnata Angelo prima di spedirla, spiegandogli di Ciocchetti e del suo irremovibile rifiuto, perché voleva metterlo a parte della faccenda e avere un suo parere in merito. Ed ecco che, dal nulla, sbuca fuori il possibile movente, oltre che gli assassini -

- strabiliante! - osservò Bezzi proponendo un brindisi che venne entusiasticamente accolto da Volcan e sospettosamente accettato da Irene.

- senza perdere tempo – proseguì - liquido Lorenz e corro a casa di Piero, per verificare e approfondire, ma non trovo nessuno. Provo a chiedere ai vicini, che non sanno nulla di dove possa essere. Manca da casa da due giorni, mi riferiscono. La prendo come una prova di colpevolezza, perché mi fido del mio intuito -

Bezzi avvertì il guizzo inceneritore di Irene e desistette da qualsiasi osservazione, trovando molto più interessante osservare i riflessi sanguigni dello Zweigelt, placido e immobile dentro al suo calice.

- ma Piero non si trova e allora ci mettiamo a cercarlo seriamente, io e i miei uomini, con i soliti sistemi che lei conosce -

- e...? - lo stimolò Bezzi, omettendo perfidamente di riferirgli che, proprio nel giorno in cui avevano iniziato a dargli la caccia, Piero Ciocchetti, corredato di fratello, loro lo avevano incontrato sotto casa di Mela e seguito negli oscuri boschi dei dintorni. Fino a quando quest'ultimo non era piombato come Tarzan giù da un albero a mettere fine al loro goffo pedinamento.

- e arriviamo così a ieri, quando Lorenz ci chiama perché... -

Si concesse una pausa ad effetto.

- ...ha ucciso, durante una colluttazione, Ernesto Ciocchetti! -

- incredibile - il vino era sempre immobile con il suo colore rosso rubino e il suo aroma delicatamente fruttato.

- come??? -

- proprio così: Ernesto si era introdotto in casa di Lorenz e voleva assassinarlo, ma ha avuto la peggio -

- che colpo di scena! Come facevano i Ciocchetti a sapere di Lorenz? Racconti, commissario, la prego! -

- è stata una leggerezza di Diego, come lui stesso ha ammesso. Lo abbiamo trovato in salotto, che guardava per terra, verso il corpo di Ernesto. C'era una gran pozza di sangue sul pavimento, fuoriuscito dalla tempia. Di fianco, fra lui e il morto, lo stesso martello con il quale è stato assassinato Angelo. L'arma che avrebbe dovuto uccidere anche lui, per colpa di un incontro in cui non sarebbe dovuto inciampare. Dopo aver lasciato il mio ufficio infatti, sconvolto com'era, si era incamminato verso il passo senza un'idea di dove andare. "Avevo bisogno di camminare per tutto quel dolore. Per calmarlo almeno un po'." Insomma, a un bel momento, incrocia Piero, che stava scendendo dal lato opposto della carreggiata. Lo conosceva di vista per via delle altre conferenze che Angelo ha tenuto nel nostro teatro in tutti questi anni. Dopo un istante di esitazione, per via del cappello e della sciarpa che quello indossava, lo riconosce, attraversa la strada e lo ferma. "Sei tu, Piero?" Quello gli fa cenno di sì come se nulla fosse e fa per proseguire dopo averlo salutato in fretta. Ma Diego lo afferra per le spalle e gli pianta gli occhi in faccia. "Cosa hai fatto ad Angelo?" grida. L'altro fa finta di niente, anzi, gli dà del matto e lo spinge via. Indietreggiando Diego inciampa su una pietra e finisce a gambe all'aria in un cumulo di neve. Il tempo di rialzarsi e rassettarsi e Piero è già lontano. Inutile inseguirlo: la cosa finisce lì perché tanto ci penserà la Polizia -

- ma ai fratelli Ciocchetti non andava che qualcuno potesse metterli nei guai -

- proprio così, signora -

- anche se il buon Lorenz non aveva formulato che un'accusa assolutamente generica -

- vero, collega. Ma se hai la coda di paglia... -

- mi sta dicendo che si sono fatti prendere dal panico? -

- così deve essere stato, perché la sera del giorno successivo, avendo probabilmente deciso che era l'unica soluzione possibile, Ernesto si prepara a compiere un nuovo omicidio -

- tutti in un colpo solo, senza averne mai commessi in precedenza -

- sarebbe la prima volta che capita? Me lo dica lei, Bezzi, che questo mestiere lo fa in una città dove di morti ammazzati ce ne sono in continuazione. Qui in montagna siamo meno esperti dell'argomento -
- no, non sarebbe la prima volta - alzò lo sguardo dal calice - quando sussistono adeguate motivazioni -
- si apposta vicino a dove abita Lorenz - proseguì guardando verso Irene - e aspetta che questi torni a casa. Con sé ha il martello -
- da geologo -
- da qualunque cosa sia. È l'arma del delitto: i colleghi della Scientifica ce lo hanno confermato. Quando Diego fa ritorno lo assale sul portone e lo obbliga a farlo entrare in casa. Chiude la porta, estrae il martello dalla giacca e gli si avventa contro -
- convinto che sarà facile come lo è stato con Mela - suggerì Irene.
- è stato questo infatti il suo errore, come anche noi riteniamo. Diego non è certo uno abituato a muovere le mani, ma ha saputo difendersi quando si è trattato di salvarsi la vita. Ci ha raccontato che Ernesto sembrava una furia. Urlava che lo avrebbe ammazzato come aveva fatto con Angelo, perché nessuno doveva rubargli la loro terra. Era roba di famiglia che ne aveva viste già troppe. Nella foga di saltargli addosso è inciampato nel tavolino del salotto e, cadendo, gli è sfuggito il martello di mano. Diego lo ha afferrato ma non per usarlo, ha detto: solo per allontanarlo da lui. Ernesto si è rialzato ancora più furioso e non ha esitato un secondo ad avventarglisi contro. "Ha spiccato letteralmente un balzo", mi ha riferito. Diego ha reagito di istinto sollevando il martello e calandoglielo sulla tempia destra, dal lato della penna. Poi lo ha estratto, inorridito da quanto aveva appena fatto. Ernesto si è accasciato sul pavimento, mentre a Diego il martello cascava di mano. È crollato sul divano ed è rimasto lì a guardare il cadavere finché non si è riavuto abbastanza

dallo shock per prendere il cellulare e chiamarmi. Lo abbiamo fatto trasportare all'ospedale di Cavalese: credo che avrà bisogno di qualche cura per ristabilirsi -
- Ciocchetti invece lo avrete portato in obitorio. Chissà: magari si trova nello stesso ospedale di Lorenz. Solo in una stanza un po' diversa e più fresca -
- ci hanno pensato i colleghi della scientifica, che sono arrivati sul posto insieme a noi. Io e i miei ragazzi ci siamo messi di nuovo a cercare suo fratello. Mentre eravamo a casa di Diego ci è arrivata una chiamata da un vicino di Piero, che lo aveva visto rientrare. A quel punto c'erano gli estremi per fargli irruzione in casa. Ma quando arriviamo lì, con un vento che ti tagliava la faccia, troviamo solo il suo cane che abbaiava da straziarti. Piero doveva essere fuggito uscendo dalla porta secondaria, che da sul retro, perché il vicino non ha visto che se ne andava -
- e quel povero cane, commissario, che fine ha fatto? -
- per il momento ce lo hanno i Pompieri. Ma stiamo cercando qualcuno che lo voglia adottare. Forse lo farò io stesso -
Irene approvò con un sorriso lungo e serio.
- Piero - proseguì Volcan - dovunque fosse diretto, ci era andato a piedi. La sua macchina l'aveva lasciata lì. -
- come cercare un ago in un pagliaio e con la luce spenta -
- eh già, collega. Una grana bella grossa -
- e come lo avete trovato? - domandò nascondendo un sorrisetto discretamente perfido dietro al placido rosseggiare dello Zweigelt.
- ci hanno chiamato questa mattina presto. Eravamo stremati per la notte passata al gelo, su e giù per la strada del passo senza cavarne nulla. Ma, poco dopo le 8, quando ormai era chiaro, un automobilista, salendo dal paese per andare a Falcade, ha intravisto qualcosa in mezzo alla neve, all'altezza delle Respe. È sceso per dare un'occhiata e quando ha visto di cosa si trattava, si è precipitato giù al Comando. Sono stati i colleghi a chiamarci -

- non avevate setacciato anche voi quella zona? -
- certo, ma siamo in pochi. Dopo quella siamo andati avanti, salendo verso il passo. Piero deve esserci arrivato dopo. Per lui non c'è stato nulla da fare. Era già morto quando lo abbiamo raggiunto. Assiderato, anche se siamo in attesa del referto. Ma la vera causa del decesso è un'altra: sulla gamba destra aveva un morso profondo, sembrerebbe di volpe, che gli ha lacerato il muscolo e inciso un'arteria. C'erano tracce di sangue salendo verso monte. Deve essere accaduto nel bosco. Avrà provato a scendere e raggiungere un posto dove ripararsi ma non ha fatto a tempo. Troppo freddo e poi era indebolito e zoppicante. A un certo punto è crollato e se ne è andato in mezzo alla neve, nella piccola proprietà di famiglia che, appena le condizioni del terreno lo permetteranno, passerà nelle mani della Soprintendenza -
- che epilogo tragico -
- proprio così, signora. Come dicevo al suo... - non trovando un termine utile e certo per definirlo, proseguì indicando Bezzi - non siamo abituati a violenza e omicidi da queste parti. Eventi come questo ci segnano tutti profondamente. Angelo, i Ciocchetti... ecco perché non volevo che altri si impicciassero - continuava a guardare il commissario, ma con l'espressione dolce e malinconica riservata al passato - è un dolore che riguarda noi e non voi altri. È un fatto di questa comunità, chiuso fra le mura di questa valle. Si merita rispetto e riservatezza, come una brutta faccenda di famiglia. E, nonostante tutto, ho voluto raccontarvela lo stesso, perché non ho certo dimenticato, Bezzi, che è grazie a lei e a quello che ha fatto al teatro che le indagini sono iniziate nel migliore dei modi. Volevo ringraziarla così -
- ha detto bene, Volcan: le indagini sono iniziate. Ma le posso garantire che non sono finite -
- oh certo, manca ancora qualche dettaglio, ma è roba di scartoffie -

- manca ancora il colpevole, non i dettagli burocratici -
L'affermazione sortì un effetto paralizzante sul braccio di
Volcan, il quale, animato dalle migliori intenzioni di pa-
cificazione, stava protendendo l'arto, la cui mano reggeva
il calice di Zweigelt, alla volta del collega.
- ma cosa sta dicendo? -
- quello che ho appena detto, in senso letterale e senza
sottintesi o doppi significati -
- e cosa non le quadra? - provò a sorridere
- il martello -
- ancora con questa storia! Ma cosa ha che non va? -
- è da geologo -
- e allora? -
- allora... -
In quel momento arrivò il cameriere, portando i piatti
con il secondo. L'aroma della carne di cervo si sparse sul
tavolo. Bezzi fu irremovibile: non avrebbe aperto bocca
se non per masticare.

Capitolo 21

- un atto di clemenza, quello di pagare tu il conto -
- Volcan ci aveva invitato per immolare la sua vittoria, non per celebrare la sua disfatta. Quella è una cerimonia che spettava a me officiare. Soldi ben spesi, comunque: è di gran lunga il ristorante migliore provato finora. Gran menù, meravigliosamente guarnito con un'abbondante dose di sadica soddisfazione -
- credi davvero di averlo convinto? -
- del fatto che ha sbagliato tutto? Secondo me sì: almeno il dubbio l'ho visto germogliare nel suo sguardo. È solo questione di tempo, poco, e diventerà una pianta solida e coriacea, le cui radici manderanno in pezzi la sua ostinazione -
- sei felice per questo? -
- la verità? -
- ovviamente -
- sì -
- se lo merita? -
- no -
- perché allora? -
- banale e squallida questione di ego. Non ne vado esente
- solo questo? -
- c'è anche l'esigenza di assicurare alla giustizia il vero colpevole. Di almeno un paio di omicidi. La terza morte concedo di classificarla come accidentale e quanto mai opportuna per il nostro assassino -
- mi mancano troppi passaggi per riuscire a seguirti. Al ristorante ci stavi per spiegare le tue considerazioni a proposito del martello, ma poi ti sei ammutolito di fronte al lombo di cervo. Quando hai finito di gustartelo, mentre noi friggevamo impazienti, ti sei limitato a un inutile "allora faccia le sue considerazioni, Volcan, e tiri le somme. Questa volta senza sbagliare il risultato. In fondo è

una semplice addizione" -
Bezzi sorrise mentre le apriva la portiera. Volcan era rimasto seduto al tavolo, dove lo avevano raggiunto la proprietaria e lo chef per qualche chiacchiera fra paesani.
- non avrei potuto scegliere parole migliori per farlo imbestialire -
- ma io non sono lui. E sono molto arrabbiata in questo momento. Non vorrei perdere del tutto la calma... -
- non l'ho fatto di proposito a tenerti all'oscuro delle mie elucubrazioni -
- no? -
Erano seduti fianco a fianco, separati solo dalla leva del cambio e dal freno a mano. Sotto la stellata, Bezzi avviò il motore. A malincuore accese i fari, disturbando la notte limpida.
- l'intuizione mi è venuta mentre Volcan raccontava orgogliosamente la sua storiella. Non potevo certo interromperlo per mettertene a parte -
- fallo adesso allora. Subito -
- ma certo. La mia ipotesi, che possiamo tranquillamente definire certezza per quanto mi riguarda, verte su due punti: come Mela è stato attirato nella trappola e l'arma del delitto. Entrambe le cose mi fanno escludere che siano stati i Ciocchetti a perpetrarlo -
- stai forse dicendo che Ernesto non ha mai messo piede in quei bagni? -
- no, il piede ce lo ha messo eccome: prima sul davanzale di una delle cabine e poi sul pavimento. Ma non era lì per uccidere -
- cioè? -
- Ernesto Ciocchetti si era appostato nei bagni in attesa che vi entrasse Mela perché voleva minacciarlo e spaventarlo quanto sarebbe bastato a farlo desistere dalla sua iniziativa paleo enologica. Perché uno come Ernesto Ciocchetti, se vuole uccidere qualcuno a martellate, si procura un martello comune, bello solido e spesso, e non

un martello da geologo, che è uno strumento per gli addetti ai lavori e che solo loro utilizzano -
- e allora chi ha ucciso Mela? -
- qualcuno che è entrato prima di Ernesto nei medesimi bagni, passando dalla medesima finestra, all'oscuro di tutti, a cominciare dai fratelli Ciocchetti. Qualcuno che era in grado di attirare nelle toilette il compianto professore senza destare alcun sospetto nel medesimo -
- Lorenz??? -
- Lorenz - confermò placidamente.
- perché? -
- questo ancora non lo so, ma posso dirti come -
- accomodati -
- inviando al suo mentore e amico un sms, che poi cancellerà dal suo cellulare dopo averlo ucciso. Peccato solo che l'arrivo del sottoscritto lo abbia costretto a lasciare il prezioso congegno sul pianale dei lavabi, al posto che riporlo nella giacca della vittima -
- cerca di essere più lineare nel raccontare i fatti -
- come Volcan? -
- esatto. Dovresti prenderlo a esempio una volta tanto -
- forse hai ragione. Faccio anch'io allora un passo indietro e espongo gli avvenimenti in ordine cronologico -
- così va meglio -
- torniamo indietro di sette giorni, quando questa triste e delittuosa vicenda ha avuto inizio. Siamo al teatro, costruzione dall'assortimento stilistico bizzarro e improbabile, incastonata come una nota stonata nell'architettura del paese. È tardo pomeriggio e ormai non manca molto all'inizio della conferenza del rimpianto professor Angelo Mela. Gli ospiti paganti dell'evento, fra i quali si annovera il sublime esemplare umano che ora siede al tuo fianco e a cui stai volutamente sfiorando la coscia per metterne alla prova la granitica capacità di concentrazione, si sono accomodati in sala e attendono con sonnacchiosa curiosità di udire quello che lo studioso ex cattedratico avrà

loro da raccontare su come gli avi degli attuali indigeni della valle si dilettassero a produrre e tracannare il locale frutto della vite. Ma questo è quanto accade "sulla scena" per così dire. Dietro le quinte, sempre per mantenere un coerente linguaggio figurato, si sta consumando un avvenimento ben più tragico e molto meno culturale -
- fai sempre così? -
- solo quando mi faccio prendere la mano -
- dovresti fare lo scrittore -
- più passano gli anni e più l'intenzione si fa seria, in effetti. Ad avere il tempo e sopratutto la forza di volontà... -
- ti auguro il meglio a riguardo. A me però non piace molto leggere... -
- per amore, tuttavia... -
- non è escluso. Ma in questo momento prevale la curiosità, che sta ancora avendo un transitorio effetto positivo sulla mia pazienza -
Nel frattempo avevano raggiunto il paese e imboccato il ponte. Al culmine del tornante si scorgeva il loro condominio. Pochi istanti dopo Bezzi parcheggiò la vettura nel box e Irene attese che gli aprisse la portiera. Scendendo gli porse la mano che il commissario afferrò portandosela alle labbra. Provati dal freddo, salirono in silenzio in casa, dove il raccontò riprese.
- mentre tutti noi siamo lì, il professor Mela, probabilmente alloggiato nei camerini, riceve un sms sul suo cellulare. Il mittente è Lorenz il quale, con qualche pretesto di cui al momento siamo all'oscuro, lo invita a recarsi nella toilette degli uomini. Mela è un po' stupito: non si aspettava che il suo pupillo fosse lì, al teatro. Come ne erano ignari anche i fratelli Ciocchetti, come vedremo fra poco. Fatto sta che, non avendo nulla da sospettare, asseconda la sua richiesta e varca la soglia del locale, che per un istante rimane buio, prima che l'interruttore automatico faccia accendere le luci del soffitto, che forse avrebbero fatto meglio a rimanere spente perché, davanti

al professore, si staglia la figura minacciosa di Ernesto Ciocchetti, non da molto entrato nel medesimo luogo passando dalla finestra. Ernesto agisce in fretta, con il piglio tipico di chi è abituato alle maniere forti: afferra Mela, lo strattona e lo strapazza, senza strafare, per dare maggiore forza persuasiva alle parole con le quali lo sta perentoriamente invitando a lasciar perdere la faccenda de Le Respe. Quando lo sguardo dell'anziano professore palesa un grado adeguato di paura, molla la presa e si invola come uno spiritello maligno dalla finestra, lasciandolo, così almeno entrambi credono, da solo.

Mela è sconvolto, sotto shock, probabilmente lo spavento provato gli fa tremare le gambe. Raggiunge allora i lavabi per potersi appoggiare da qualche parte nell'attesa di calmarsi. Magari pensa di passarsi un po' di acqua sul volto, ma non lo fa: ho trovato i lavabi completamente asciutti quando ne ho fatto uso. Estrae invece il cellulare con l'idea di chiamare qualcuno, forse proprio il suo Diego, per chiedergli spiegazioni del suo messaggio, una volta riavutosi a sufficienza. Confuso, presumibilmente con gli occhi chiusi, non sente la porta di uno dei bagni, un altro rispetto a quello utilizzato da Ernesto, aprirsi piano piano, e non si accorge dei passi furtivi che portano Lorenz dietro alle sue spalle, alla distanza giusta per calargli sul collo una martellata così ben assestata da spezzarglielo di netto. D'altronde è un uomo anziano, che sfiora i 75 anni, stando alla biografia che abbiamo trovato su internet: le sue ossa, per quanto possa essere in salute, sono abbastanza fragili. Mela crolla senza vita e Lorenz non perde tempo: innanzitutto trasporta il cadavere nel bagno, da dove è transitato Ciocchetti e dove ci saranno un bel po' delle impronte di quest'ultimo, e lo accomoda sulla tazza del water. Poi torna ai lavabi, accede al menù messaggi del cellulare e cancella quello inviato da lui. Si appresta a infilare il telefono nella giacca della vittima, ma in quel momento sente che qualcuno si sta avvicinando

alle toilette. Preso alla sprovvista, non sa se si tratta di un uomo o di una donna ma non vuole rischiare di sprecare tempo prezioso per un'operazione non essenziale. Ripone allora impulsivamente il cellulare sul pianale e si precipita nel bagno dove giace il corpo e dove lo attende la finestra spalancata. Per sicurezza chiude a chiave la porta e rimane in attesa. Le luci del soffitto si spengono. È di nuovo buio, ma ha fatto la scelta giusta perché la porta che si apre è proprio quella della toilette degli uomini. Da essa transita niente di meno che il commissario Bezzi, terrore di ogni omicida in tutto il globo terrestre, alle prese con una impellente necessità fisiologica. Mentre l'interruttore ticchetta, Diego Lorenz si invola dalla finestra. Probabilmente, nel compiere l'agile manovra, urta contro la scatola dello sciacquone, producendo un rumore secco che giunge all'infallibile udito dell'acerrimo nemico del crimine. Poi c'è solo il fruscio dei suoi abiti che sfregano sul davanzale -
- e questo è tutto -
- sì, per quanto riguarda i puri fatti. Ora dobbiamo nell'ordine: dimostrarli e motivarli -
- da dove iniziamo? -
- dalla dimostrazione, per la quale ci viene utile il martello da geologo -
- che non abbiamo perché si trova nelle mani di Volcan, custodito da qualche parte negli uffici della Polizia -
- non ci interessa sapere dove si trova, bensì il posto da dove è stato preso -
- un ferramenta? Oppure qualche esercizio specializzato. Magari il venditore si ricorda di Lorenz, se non lo ha acquistato troppo tempo fa e se riusciamo a trovare il negozio giusto -
- ho detto "preso" non "acquistato" -
Lo osservò con un'espressione più irata che interrogativa, parlandogli con un tono basso e controllato.

- tu ti sei fatto un'idea ben precisa ma non la vuoi condividere -
- un'idea sì, ma di massima e non precisa. Ma possiamo verificarla in breve tempo -
- come? - il tono si era fatto più basso ma meno controllato.
- tornando in un luogo dove siamo già stati una volta -
- un altro enigma e Volcan si troverà per le mani un nuovo caso di omicidio e un reo confesso -
- ti basta riflettere un attimo e l'enigma sarà subito risolto
- dammi un punto di partenza -
- ne hai davvero bisogno? -
Lo fissava cercando qualche traccia dietro il suo sguardo dolce e ironico, ma i pensieri a cui i suoi occhi davano accesso non erano quelli che le interessavano in quel momento. Fece allora quello che il suo uomo, il commissario Fulvio Bezzi, avrebbe fatto in quella circostanza: ripercorse luoghi e tappe di quei giorni e cercò una connessione, un posto dove collocare l'arma del delitto prima che diventasse tale, quando era ancora un semplice utensile... per gli addetti ai lavori!
- non possiamo andarci adesso: è già notte e sarebbe troppo complicato - gli comunicò avviandosi verso la cucina. La cena le aveva messo addosso una sete fastidiosa e persistente.
- allora hai capito qual è la nostra meta? -
- certo. Dubitavi? -
- basta che mi dimostri il contrario -
- lo farò domani mattina -
Dal soggiorno le lanciò un'occhiata perplessa mentre lei riempiva nuovamente il bicchiere con l'acqua del rubinetto, gelida e leggera.
- guiderò io fino a destinazione, così vedrai se ho indovinato -

Capitolo 22

Forzarla per la seconda volta risultò più semplice e veloce. La serratura cedette alle manovre rapide e accurate di Irene come se a sbloccarla nella posizione di apertura fosse stata la sua stessa chiave e non degli improvvisati, quanto efficaci, strumenti da scasso. Nell'ingresso, la luce del mattino cadeva netta, intensa e distante dalla finestra di cui nessuno aveva più richiuso gli scuri che Mela aveva preferito lasciare spalancati contro il crepuscolo ormai incombente, quando si apprestava a concludere l'ultimo giorno della sua esistenza nei bagni pubblici di un teatro brutto e incoerente, dove doveva essersi recato con la sua autovettura, guidando con prudenza, come sono soliti fare i vecchi perché non si fidano più tanto dei loro riflessi e sanno che l'esperienza non vale a compensarli. Forse li aveva dimenticati aperti nella fretta di uscire, ma era più naturale immaginarlo come una persona meticolosa, non meno abitudinaria di quanto prevedesse la sua età. Più probabilmente, anche in sua assenza, voleva che l'appartamento bevesse tutta la luce solare a disposizione in quei giorni fatti sopratutto di buio, freddo nelle ossa cariche di anni e alberi spogli tranne che di neve, quando questa cadeva dal cielo. Ma il professore l'ultima nevicata seria della sua vita l'aveva mancata di un soffio. Era morto invece sotto un cielo sereno, in un gelo così secco che una scintilla nei boschi avrebbe potuto scatenare incendi come nella stagione estiva. Quello che di lui rimaneva, per chi di lui non aveva neppure un ricordo come Bezzi e Irene, si trovava nel suo appartamento. Un luogo ormai dimenticato dopo che la Polizia aveva rimosso i sigilli ritenendo risolto il caso. Un discreto numero di metri quadrati che sarebbero passati a qualche erede, sempre che ve ne fossero. Altrimenti qualcun altro li avrebbe rilevati, sostituendovi il suo cognome sulla porta e sulla targhetta del citofono.

Ma, almeno per il momento, tutto era ancora come Mela lo aveva lasciato sette giorni addietro.

Questa volta però l'esame che avrebbero operato, stanza per stanza, sarebbe stato molto più approfondito, potendo beneficiare di un obiettivo specifico su cui puntare e della ragionevole certezza di avere a disposizione tutto il tempo necessario per potersi muovere con calma, pazienza e metodo.

Iniziarono dal salotto, come la volta precedente, aprendo uno dopo l'altro i cassetti della scrivania, che però trovarono completamente vuoti, a conferma che tutte le carte erano state sequestrate dalla Polizia. La macchina da scrivere era sempre lì, nella stessa posizione e un po' più impolverata. Il sole faceva riflesso sui tasti neri e rotondi, con le lettere color perla, e sulle leve ed i caratteri in metallo, anneriti dall'uso. Il nastro con l'inchiostro poggiava sul rullo come in attesa. Una scintilla di luce tagliò il piano del tavolo: qualcuno doveva aver aperto, o chiuso, una delle finestre di fronte.

Si spostarono di fronte alla libreria, con la sua selva fitta di volumi e riviste specializzate. Bezzi rimase colpito dall'esiguità di opere di narrativa e di poesia, concentrate su un solo ripiano dei numerosi a disposizione. Una piccola enclave in mezzo ad una comunità di saggi e trattati. Volle contarle per scrupolo: erano ventiquattro in tutto.

- non abbastanza - commentò ad alta voce

- come? -

- un praticante della letteratura, per quanto minimo, occasionale e scarsamente appassionato possa essere, non si limita a così pochi libri nel corso di un'intera esistenza - indicò lo scaffale, dove c'era ancora spazio per almeno una decina di altre opere di medio formato. Per quanto tutti i volumi fossero stati conservati in ottime condizioni, alcune edizioni sembravano più vecchie di altre, disposte su una specie di linea materiale del tempo, visibile

e netta.
- forse gli sono stati regalati -
- è quello che penso anch'io. Vale la pena di approfondire
Estrasse il primo libro a partire da sinistra. Un'edizione de
«Il matrimonio segreto di Fridolin» di Adolf Wildbrant,
che risaliva a trent'anni addietro. Sulla prima pagina,
nell'angolo in alto a destra, troneggiava una breve dedica
scritta a penna stilografica con una grafia minuta e aggra-
ziata. Maschile.

Al mio maestro,
con amore immenso.
Nella certezza che sarà eterno.

Non era stata firmata, ma in compenso recava la data in
cui era stata scritta: il 7 maggio del 1992.
 - dai tuoi ragazzi ti sei fatto dire anche quando è nato
Mela? -
- no, ma non credo ci sarà bisogno di scomodarli in proposito. Guarda qui -
Aveva estratto il libro successivo, «Il monaco» di Matthew
Gregory Lewis, dedicato nel medesimo giorno e mese del
precedente, ma nell'anno 1993. La grafia era la stessa. Il
contenuto abbastanza simile.

Per i tuoi cinquant'anni,
Maestro.
Luminosi come il mio amore.

- un po' monotono, non trovi Fulvio? -
- sono le parole di una persona giovane e innamorata. La
scelta dei libri non è certo casuale e rispecchia la differenza di età in una relazione che qui sembra essere nella
meravigliosa fase iniziale, quando tutto è abbagliante e
perfetto - ribatté dopo aver consultato su internet la tra-
ma dei due romanzi che gli risultavano ignoti.

Rivolse a Irene con un sorriso disarmato, poi estrasse un altro libro, pescandolo da metà circa dello scaffale: una raccolta di poesie di Kostantinos Kavafis, dedicata al professore nel 2005.

In questi versi,
Angelo,
il nostro destino clandestino.

- si vanno complicando le cose, nel medio periodo, Irene -
- come in ogni rapporto -
- con l'aggravante di essere una relazione omosessuale in un contesto forse non così aperto alle varianti erotiche; per non parlare poi di quello universitario, di contesto: il professor Mela e il suo allievo Lorenz che intrecciano un segreto e longevo idillio amoroso, trascinandosi dietro un cumulo crescente di sospetti e malevolenze -
- bastano sospetti e malevolenze a far finire un rapporto?
- qualche volta sì, ma non corriamo troppo con gli interrogativi e con le ipotesi. Abbiamo i libri e le dediche che ci forniscono informazioni e indizi di prima scelta. Spostiamoci nel presente -
Estrasse il volume più a destra, la cui dedica datava al 7 maggio del 2016. L'ultimo compleanno celebrato dal professor Mela.
Il romanzo si intitolava «Bom-Crioulo»[1]. L'autore corrispondeva al nome di Adolfo Caminha.
- ne sai qualcosa in proposito? -
- sei tu il lettore dalla pedante formazione umanistica -
- mi sopravvaluti. Questa è letteratura specialistica. Fino a Kavafis ci arrivo senza problemi, ma, oltre, la bussola

---

1   In realtà in Italia il romanzo è stato pubblicato con il titolo "Il negro" Attualmente ne esiste una versione con il titolo originale disponibile in ebook. Un buon motivo per fare uso di questi dispositivi e sopratutto dei loro contenuti.

della mia esperienza perde l'orientamento -
- fai un altro giro in rete allora e vediamo cosa ne tiri fuori -
Emerse che l'opera in questione era considerata con unanime concordia come il primo romanzo omosessuale della storia moderna. Composta nel 1895, in Italia aveva per la prima volta visto le stampe nel 2005. Ambientata in Brasile, patria dell'autore, la vicenda non era esattamente di quelle a lieto fine, trattando di un uomo di colore che, fuggito dalla schiavitù e arruolatosi nella Reale Marina Portoghese, si innamora di un mozzo in forze alla medesima, con il quale vivrà un periodo di felicità. Salvo poi perdere il lavoro e constatare che l'amato fanciullo ha nel frattempo intrapreso una relazione con la prostituta che li ha più volte ospitati nella sua casetta, di ritorno dai loro burrascosi viaggi per l'orbe terraqueo. La reazione psichica dello sventurato non si rivela delle più equilibrate in quanto, anche a causa delle esperienze disagiate affrontate, lo porta a meditare vendetta contro il fedifrago, a suo giudizio unico responsabile della sua corrente situazione. Il tragico finale vede il furioso e frustrato marinaio intento a pugnalare, ovviamente a morte, l'infedele mozzo.
- una premonizione, Fulvio? -
- non saprei: sono intercorsi più di sei mesi da allora ai recenti avvenimenti... Vediamo cosa ha scritto nella dedica -
Tornò alla prima pagina e lesse a voce chiara:

Non tutto può finire bene
Amore,
ma non tutto deve finire per forza male:
non quanto più di tutto vale.

- non una profezia: un avvertimento. Forse solo subliminale quando è stato scritto, ma poi trasformatosi in volontà omicida quando, dopo mesi di tentativi, tutto si è rivelato inutile. Un avvertimento tanto per la vittima quanto per l'assassino. Un meccanismo di dolore e morte che ha iniziato a camminare nelle loro esistenze e che non si è potuto e voluto fermare -

Teneva il libro a mezz'aria, con gli occhi rivolti verso di lei ma il fuoco in un punto imprecisabile

- cosa altro? -

- mi sorprende la compresenza di premeditazione e... compassione. Occorre calcolare freddamente per organizzare un omicidio e farne ricadere la colpa su chi non lo ha commesso. Un piano ben congegnato, quasi perfetto se Lorenz non avesse commesso l'errore di utilizzare un utensile troppo connotato e specifico per uccidere il suo amato professore. Ma, allo stesso tempo, la morte è stata somministrata senza provocare dolore, con istantanea clemenza, quasi si trattasse di eseguire una sentenza non derogabile. Come se si applicasse una legge -

- l'amore ha mille risvolti. Questo è uno di quelli possibili

- continuare ad amare mentre si sta uccidendo l'amato? -

- e anche dopo. Forse per sempre. Questo, probabilmente, aveva in mente Lorenz quando ha regalato al suo compagno l'ultimo romanzo che avrebbe letto in vita sua -

- amare abbastanza da scegliere a mente fredda di sopravvivere all'amato? -

- anche questo è possibile, Fulvio. L'amore è egoista. Lo è anche se decidi di toglierti la vita per chi ami, o di sopravvivergli. Qualsiasi cosa fai, la fai per te stesso. Vivere o morire che sia non fa differenza -

- amore o possesso? -

- cambia qualcosa? -

- verso un figlio sì -

- non ho figli. Ma avevo una sorella -

- non me ne avevi parlato -

- invece sì, anche se non ti avevo detto che si trattava di mia sorella -

Poggiò il libro sul pianale della libreria. Un minuscolo

velo di polvere si sollevò accendendosi di sole
- la persona a cui tenevi tanto -
- lei -
- non ho sorelle o fratelli, ma ho una figlia -
- allora ci siamo capiti: quello è un altro amore. Ha radici diverse, che non affondano solo dentro di noi -
- mi toccherà amarti come una sorella allora -
- mi piacerebbe amarti come un figlio, ma hai troppi anni in più dei miei -
Fecero per baciarsi ma si fermarono. La libreria, la scrivania e la macchina da scrivere incombevano mute e illuminate.
- credi che la scelta dell'arma del delitto, un utensile appartenuto a Mela, abbia qualche valore simbolico? -
- questo non lo so. Di possibili risvolti del nobile sentimento amoroso pare te ne intenda molto di più tu. Ma, ai più prosaici fini della nostra indagine, il dettaglio ha poca importanza -
- hai ragione. Il vero problema adesso è capire in che modo possiamo incastrare Lorenz, come dite voi poliziotti -
- credi non mi sia già fatto un'idea? -
Chiusero piano la porta d'ingresso, con rispetto. Dalla soglia filtrava un sottile abbaglio di sole.

Capitolo 23

- Non sarebbe più semplice così, Fulvio? -
- forzare un'altra porta? Intrufolarci in un altro appartamento? Troppo monotono e ripetitivo. Senza contare che
Lorenz potrebbe disporre di una moderna porta blindata
che renderebbe inutile ogni nostro sforzo -
Irene gli concesse un cenno di consenso, rivolto più alla
seconda obiezione che alla prima.
- troppe ferie sembrano farti male, vista la velocità con
cui ti suscitano la noia -
- è nel mio carattere: sono un tipo inquieto -
- a parte il divorzio, la tua vita non sembrerebbe dimo-
strarlo -
- quello non è stato una questione di inquietudine -
- di noia, allora? -
- neppure. C'è stato un grosso, insormontabile, problema
nel viaggio -
- quale? -
- la meta. La destinazione non era più la stessa per entrambi -
- probabilmente non lo era mai stata -
- probabilmente. Ma ce ne siamo accorti quando eravamo
già partiti -
- e vi siete separati al primo scalo utile -
- così è andata. Il viaggio è stato annullato -
- tua figlia? -
- non l'ha presa bene, ovviamente. Ma ha saputo collocare il dispiacere e la sofferenza nella giusta prospettiva -
- la prospettiva di chi? -
- quella mia e di Angela – ammise - e forse anche la sua...
col tempo -
- ne è già passato abbastanza di tempo? -
- non lo so con certezza. Non ne parliamo molto dell'argomento. A parole sembra aver compreso, accettato -

- e dietro le quinte delle parole? La scena è la stessa? -
- c'è modo di saperlo? -
- domandandolo -
- se lo si vuole domandare. E se si vuole rispondere -
- se non tenti... -
- non lo farò -
- forse ti aiuterebbe a essere meno inquieto, se lo facessi -
- la mia inquietudine è una questione a parte, ripeto. È un tarlo che è nato assieme a me. Il mio demone e il mio angelo custode -
- possono convivere le due entità? -
- non sono due: è una sola -
- il tarlo rode e corrode -
- e nel farlo crea forme originali dentro al legno -
- fino a mandarlo in pezzi -
- non necessariamente. Più spesso lo alleggerisce solo, eliminando quello che non serve -
- basta saperlo domare. Un angelo/demone/tarlo addomesticato -
- un insetto ultraterreno con idee chiare e abbondante materia su cui metterle in pratica -
- io di tarli così non ne ho. Non ho avuto il tempo di averne. Il mio destino mi è stato imposto. Evidentemente l'angelo custode non me lo hanno dato, o me ne hanno affibbiato uno totalmente incapace. Quello che mi divora non mi appartiene: la sua larva si è schiusa nel dolore che mi ha segnato -
- invidi quelli come me? Quelli che hanno una comoda vita normale? -
- non so neppure di cosa si tratti. Quindi no: non vi invidio. Come non potrci invidiare l'esistenza di un extraterrestre -

Gli sfiorò una tempia con il dorso della mano. Bezzi indossava un cappello di lana spessa, nera, contro il freddo intenso. La ricambiò, indugiando con i polpastrelli su una ciocca sfuggitale dal copricapo. Aveva il colore del primo mattino. Sottile e liscia come un velo placido d'acqua. Gli sembrò che le dita gli si illuminassero.

- posso provarci io, se vuoi -
- a essere il mio demone, il mio angelo custode? L'industrioso tarlo? -

Non le rispose. Con gentilezza le fece scivolare la ciocca sotto il cappello, perché faceva un freddo tremendo in quel momento, per strada, sotto l'appartamento di Mela.

- mi basta che sia tu: l'extraterrestre con cui spiegarsi a segni e a gesti. È tutto quello che posso avere e non mi occorre altro -

Gli si fece vicino fino a sfiorarne il naso con il suo. Pelle gelata e respiro caldo, in un unico sbuffo di condensa. Sopra, il cielo lontano dell'inverno.

Diego Lorenz aveva davanti una giornata impegnativa. Le lezioni all'università non erano ancora riprese per via delle vacanze natalizie, ma la sua presenza di accademico era richiesta ad un convegno, di moderato interesse ad essere sinceri, che si sarebbe tenuto nel primo pomeriggio presso il castello del Buon Consiglio. Scelta discutibile, non quella del luogo, particolarmente bello, suggestivo e adatto ad eventi di tale natura, ma quella del giorno e ancor più del periodo dell'anno, in cui non era facile racimolare un numero di partecipanti adeguato a formare una platea apprezzabile e all'altezza degli oratori che si sarebbero succeduti nei loro interventi. In particolare alla sua altezza, o meglio alla sua levatura, dal momento che la prima delle due assommava a soli 171 cm, mentre la seconda raggiungeva vette intellettuali di assoluto spicco. Ma un atto di presenza era comunque richiesto e non stornabile dagli impegni, a cavallo fra professionali e mondani, necessari al suo ruolo accademico. E poi si poteva sempre sperare in qualche piacevole sorpresa, qualche svolta inattesa nel piattume scuro e stagnante della sua vita sentimentale, ora che...

Scacciò il pensiero, allettante ma ancora troppo poco consistente, per concentrarsi sul testo che, di lì a qualche ora, avrebbe letto affettando un tono naturale e quasi svogliato, come se dovesse esporre concetti ormai consueti alla sua mente brillante e operosa per renderli accessibili a un pubblico di infanti dell'intelletto.

Non era mai riuscito a condurre un intervento «a braccio». Neppure una lezione. Per quanto familiari gli potessero risultare gli argomenti trattati, quasi sempre frutto di ricerche operate in prima persona, c'era sempre un salto buio che gli impediva di prendere la parola guardando dritto verso la platea di studenti o di semplici e più occasionali partecipanti pronti ad ascoltarlo. Ma non si trattava di timidezza e neppure di insicurezza, bensì di un disagio più vago, indefinito e viscerale. Gli occhi degli altri, assommati in una dimensione collettiva, gli risultavano intollerabili. Avevano il peso dello sguardo di una creatura aliena e ingannevolmente ostile. Di un'entità beffardamente malevola, scrutatrice infallibile di esitazioni, incertezze, accenni di ridicolo. C'era sempre un mezzo sorriso, disorientante e indecifrabile, sparso fra gli astanti, pronto a distrarlo e a porre tutto in dubbio. E mai niente su cui poggiare qualche stabile certezza, se non i fogli con le sue parole, come una siepe specchiante sopra la quale si scorge solo il cielo sereno o l'isolata immagine di se stessi.

La sua personalità non aveva fondamenta promiscue: l'impalcatura della sua esistenza poggiava o sulla più assoluta individualità o nell'affidarsi totalmente a un singolo che ne confermasse la consistenza e il valore. Non vi erano altri pilastri a sorreggerla. Non era un esemplare umano relazionale, anche se non poteva non portare avanti una minacciosa vita sociale. Era un uomo impastato di solitudine e bisogno di ammirazione, da cui far scaturire un amore quantificabile, misurabile in certezze. E confinante con l'abisso.

Angelo non aveva avuto eguali: era un dato di fatto evidente, che non gli rincresceva riconoscere. In qualche modo, doloroso in quel momento ma fiduciosamente destinato a mitigarsi in forme più idilliache e patinate, non ne avrebbe probabilmente mai avuti.

Perché a ventisei anni, quando era iniziata la loro relazione in un afoso giorno d'estate, un uomo come Angelo, che di anni ne aveva già quarantanove, era e rappresentava tutto per un brillante neo laureato, timido e introverso. La sua pacata sicurezza, la sua serena determinazione gli avevano fatto da guida attraverso i suoi bisogni e i suoi sentimenti, conducendolo ad un'esistenza solida e intensa, sorreggendolo come un pilastro invisibile, ormai divenuto parte di lui.

Tutto aveva le sembianze dell'amore nel loro rapporto.

In cambio, l'affermato professore riceveva dal giovane compagno un attaccamento incondizionato, un affidarsi senza riserve che non era mutato negli anni, pur essendosi fatto man mano più maturo e autosufficiente.

Tutto sembrava destinato a durare, in un equilibrio maestoso come le montagne che li circondavano. Lui nel proprio appartamento, Angelo nel suo; vicini l'uno all'altro, ma distanti a sufficienza da non destare sospetti nel paese (di quelli ne circolavano già abbastanza nell'ambiente accademico, pur nella totale assenza di «prove concrete»).

Poi qualcosa era cambiato. Per sempre. Come una frana che muta il profilo di una cima e corrode i versanti del monte.

La fine era stata semplice, concreta, fatta di cose. Entrando nell'appartamento di Angelo, di cui possedeva una copia delle chiavi, aveva trovato il suo compagno vicino alla finestra del salotto. La luce di aprile era mite e vitale nel mezzo pomeriggio. Il profumo delle prime fioriture aveva invaso la stanza, provenendo da ogni angolo della valle, dalle pendici severe già ricoperte di verde fin dove la roccia si incastonava nuda nel cielo. Gli dava le spalle e attese fino a quando la porta si fu richiusa per voltarsi e rivolgergli uno sguardo tristemente risoluto. Per terra, davanti alla scrivania ingombra di carte, alcuni sacchetti di plastica contenevano pochi effetti personali: un accappatoio, un set da barba, uno spazzolino, un po' di biancheria intima e calzini, qualche capo di abbigliamento adatto da indossare in casa, due paia di ciabatte e uno di scarpe da ginnastica.

Appartenevano tutti a lui. Ed erano stati preparati per essere rimossi e riportati nel suo appartamento.

Per un istante non vide altro che quei sacchetti, perfettamente nitidi, dai colori tenui, con il logo del supermercato da cui provenivano, a una quindicina di chilometri sulla strada verso Trento. Tutto il resto rimaneva all'esterno della sua aurea percettiva, sfuocato e immobile come un sasso sotto un velo di acqua limacciosa.

Poi Angelo parlò, senza attendere che lui sollevasse lo sguardo.

- non sapevo come dirtelo. L'unico modo che ho trovato è questo. È quello più semplice -

- perché? - la domanda proveniva da qualche angolo della sua mente, dove era in funzione un sistema di risposta automatica. Piano piano aveva sollevato lo sguardo verso il suo volto, avvizzito dal tempo e ancora più bello di quello di quasi trent'anni prima, quando solo qualche ruga ne disegnava l'intensità vitale. La fronte fiera era rilassata, serena. Gli aveva sempre ricordato un cielo senza nuvole.

- perché sono vecchio e... -

- perché? - lo interruppe. Non voleva pietà.

Gli occhi di Angelo si fecero più dolci, e distanti.

- perché non sento più quello che dovrei sentire affinché la nostra relazione abbia un motivo, una spiegazione che la renda tale -

- dopo tanti anni... -

La stanza attorno tornò a fuoco. Nell'angolo della libreria, i romanzi che gli aveva regalato ad ogni compleanno erano affiancati con ordine. Senza neppure un filo di polvere sul dorso, come tutti gli altri volumi.

Gli fu chiaro quello che voleva dire. Un significato netto espresso con poche parole e pochi sacchetti della spesa riempiti in fretta.

L'immagine che aveva di sé, costruita e rafforzata anno dopo anno, si sgretolò spalancando un baratro di incertezza, senza un minimo punto di appoggio. Sentirsi sprofondare gli sembrò quasi una sensazione ignota, polverosa, sepolta nel sottoscala della memoria. Non provò dolore perché tutto gli apparve inconsistente, persino i sentimenti e le emozioni. Le parole di Angelo dicevano la verità riguardo la loro relazione, ma a lui serviva altro. E la finzione giustificata dall'abitudine andava benissimo. Provò a non arrendersi subito.

- tra meno di un mese sarà il tuo compleanno -

- eh già, mi sto proprio facendo vecchio. Tu in confronto sei ancora un giovanotto, con una vita intera davanti - si era avvicinato alla libreria e aveva estratto un volume che stava sfogliando senza interesse, quasi più per sentirne l'odore delle pagine

- mi piacerebbe festeggiarlo insieme, come abbiamo fatto in tutti questi anni -

- non sono sicuro che sia una buona idea, Diego. Magari il prossimo, quando sarà passato un po' di tempo da... oggi -

- ti ho già comperato il regalo - mentì. In effetti aveva scelto da tempo quale romanzo acquistare, ma lo avrebbe certamente cambiato con un altro più adatto alla situazione

- d'accordo - assentì richiudendo il libro - ma sei sicuro che non sia meglio lasciar perdere? -

- sicurissimo. Però puoi stare tranquillo che fino a quel giorno non ti darò fastidio -

Raccolse i sacchetti e lasciò l'appartamento con un sorriso

benevolo e distaccato, fingendo di sentirsi sereno. Mantenne la promessa, evitandolo nei corridoi dell'università che Angelo ogni tanto bazzicava per le sue ricerche e tenendosi lontano dai luoghi dove erano soliti incontrarsi, in paese e a Trento. Si concentrò sul romanzo più adatto per l'occasione e su cosa gli avrebbe scritto nella dedica. Voleva capisse che non aveva intenzione di arrendersi. Che avrebbe difeso il suo equilibrio a qualsiasi costo. Non aveva la forza, o forse semplicemente la volontà, di sostituirlo con qualcosa di nuovo.

Trovò entrambi: il romanzo e le parole giusti, ma non servirono a nulla. Angelo si era semplicemente spento nei suoi confronti.

Quando, trascorso un mese dal compleanno, gli aveva telefonato per sapere cosa ne pensasse del libro, lui fu evasivo: probabilmente non lo aveva neanche letto e, di conseguenza, non aveva compreso il significato della dedica, la supplica e la minaccia che conteneva.

L'autunno arrivò con giornate fredde, secche e senza pioggia. Il vento scendeva dalle montagne accumulando aghi di pino polverosi negli angoli e sui bordi delle strade. Non si erano più rivisti né sentiti. A quanto gli risultava, conduceva la solita vita, vivace e appartata, solitaria per quanto riguardava eventuali nuove relazioni. Non gli aveva chiesto di restituirgli la chiave dell'appartamento; probabilmente se ne era dimenticato. Decise allora di compiere un «sopralluogo», per sincerarsi che davvero nessuno avesse preso il suo posto.

Una mattina di dicembre, gelida sotto un cielo di fine anno, si appostò vicino al suo condominio fino a quando non lo vide uscire con le chiavi dell'auto in mano, segno che sarebbe rimasto fuori casa per un bel po', conoscendo le sue abitudini. Attese qualche minuto dopo che fu partito e poi entrò, aprendo furtivamente la porta. Controllò le stanze ad una ad una, in particolare il bagno, e tutti gli armadi: non vi era alcuna traccia di un altro uomo. Il fatto inizialmente gli fece piacere, confermandogli la sua unicità e insostituibilità, il suo valore assoluto e non relativo. Poi capì una volta per tutte che la loro storia era definitivamente terminata. Non c'erano nuove fiamme da scalzare, ma l'irrimediabile morte di quello che Angelo aveva provato per tanti anni nei suoi confronti, proprio come gli aveva detto quel giorno di aprile. L'esattezza di quelle parole rivelava ora la sua ineluttabile veridicità. Non ebbe alcuna reazione, se non sentirsi freddo e distante. Asciutto come l'inverno che era da poco iniziato, mentre la valle andava riempiendosi di turisti effimeri e chiassosi. Tornò in salotto a guardare i libri che gli aveva regalato nel corso degli anni, scegliendoli con dedizione nelle varie fasi del loro rapporto, nei momenti unici, nelle difficoltà e, soprattutto, in quella che credeva fosse stata la sua evoluzione. E provò fastidio e poi un gelido odio disperato. Ora voleva uscire da quell'appartamento in cui si sentiva, per la prima volta, un perfetto estraneo. Si volse verso la finestra per cercare il cielo azzurro ma lo sguardo gli cadde sulla scrivania di Angelo. A fianco della macchina da scrivere (che gli aveva regalato lui al loro primo anniversario, facendosela spedire direttamente dalla casa produttrice) c'era il suo martello da geologo, con il quale disfaceva rocce e terreni per tutta la valle per cercare i suoi stupidi vitigni. C'era un foglio nel rullo: si avvicinò per leggerne il contenuto. Una lettera a Piero Ciocchetti, con una richiesta amichevole riguardo ad una delle proprietà di famiglia, probabilmente l'unica rimasta. A fianco, un'altra bozza di lettera, già pronta ma ancora da datare, indirizzata alla Soprintendenza dei Beni Ambientali Culturali, in cui si parlava dello stesso terreno ma in termini molto più formali. Due opzioni diverse per la stessa necessità: scavare e verificare tracce di un vitigno.

In mezzo, fra la macchina e la bozza, il martello.

L'idea prese forma in un istante nei suoi pensieri.

Conosceva Piero e suo fratello, facili da manipolare, soprattutto in quella circostanza. Il martello era perfetto: gli avrebbe procurato una morte veloce e clemente.

Perché, in fondo, era stato il suo unico amore e quello era l'unico modo per continuare ad amarlo.

Almeno fino a quando non fosse riuscito a ricostruire se stesso su altre fondamenta.

Capitolo 24

Era una coppia ben assortita quella che gli si stava facendo incontro. Lei era alta, giovane e slanciata, di una bellezza perfetta che sembrava quasi artefatta. Lui era piacente, vicino ai cinquanta, dall'aspetto solido e vigoroso. Nero di capelli e scurito dal sole, anche se si capiva che non era un uomo di montagna. L'incedere era quello di città, sempre un po' impacciato e in punta di forchetta in mezzo alla neve e al ghiaccio. Ancora pochi passi e li avrebbe incrociati, poi sarebbero scomparsi a poco a poco alle sue spalle, dentro al sole obliquo e limpido.

Aveva finito di rileggere il testo del suo intervento, apportando gli ultimi appropriati ritocchi, ed era molto soddisfatto del risultato. Mancavano ancora un paio di ore a mezzogiorno, ma non aveva intenzione di pranzare. Ci sarebbe stato un abbondante rinfresco dopo l'evento, adatto a soddisfare qualsiasi dimensione di appetito. Mentre uno spuntino gustoso nel suo bar preferito sarebbe stato perfetto per mantenerlo attivo senza appesantirlo. L'inizio del convegno era fissato per le 14.00: poteva fare con calma, assaporando lo scorrere fugace del tempo. Le montagne erano maestose e possenti, luccicanti di sole, roccia e neve. Stabili come il cielo. L'erigersi della forza della terra.

La coppia incedeva lanciando occhiate in giro. Sembrava osservassero soprattutto lo scorcio di panorama che si apriva in fondo alla via, prestando poca attenzione ai negozi e ai radi passanti. A una manciata di passi da lui, la donna indicò qualcosa all'uomo, che si arrestò puntando lo sguardo nella direzione del suo dito, proteso verso l'alto. Forse aveva scorto qualche esemplare di volatile poco comune alle loro latitudini. Magari un gipeto, in cerca di qualche improbabile preda. Si fermò anche lui, incuriosito, e si voltò ad osservare il cielo. Pulito e sgombro di qualsiasi cosa all'infuori di un azzurro scuro. Sentì qualcosa di duro premergli sulla schiena, vicino al rene sinistro, mentre quello che doveva essere il dito della donna, invece che continuare a indicare il cielo, schiacciava ora un punto sul suo collo, rendendogli affannosa la vista e molto cedevole la volontà.

- cammini e non faccia storie - sibilò con freddezza l'angelica creatura. La pressione sul rene aumentò. Iniziava a fargli male. Il campo visivo era divenuto quasi interamente nero. Senza opporre la minima resistenza, si mosse nella direzione imposta dai due.

Il dito e la cosa dura allentarono la pressione come premio per l'obbedienza dimostrata. Avrebbe voluto domandare dove fossero diretti, ma ritenne fosse meglio tacere, ora che aveva ricominciato a vederci chiaramente.

- non provi ad attirare l'attenzione di nessuno - questa volta fu l'uomo a parlare - sorrida e prosegua senza fermarsi. Sta facendo una passeggiata con due amici, signor Lorenz. Anzi, Diego, dal momento che siamo in confidenza. Tutto chiaro? -

Annuì. Aveva una voce piena, pastosa e il tono di chi è abituato a dare ordini. Il fatto che conoscessero il suo nome lo inquietò oltremodo. Non si trattava dunque di due ladri qualunque, come aveva sperato inizialmente. Personaggi piuttosto rari da quelle parti, ma forse facilmente gestibili elargendo una adeguata quantità di denaro prelevabile al bancomat più vicino. Invece, purtroppo, la coppia più bella del mondo pareva proprio essere lì per lui. Sapevano dove abitava e si erano appostati in attesa che uscisse di casa. Un'accoglienza di cui avrebbe volentieri fatto a meno e della quale ignorava totalmente la motivazione. Sentiva freddo lungo la schiena e le braccia, perché aveva paura. Svoltarono per alcune strade secondarie, fino a raggiungere un'autovettura. Gli intimarono di salire e chiudere la portiera, cosa che fece senza esitare. Poi entrò la donna, sedendogli a fianco. Gli mostrò il

dito come un'arma. Era più alta di lui e aveva un aspetto minaccioso e freddo. L'uomo si mise al volante e avviò il motore. Osservandolo dallo specchietto retrovisore gli parlò seccamente:
- se pensava di averla fatta franca, si è sbagliato -
Si irrigidì sul sedile. Lei lo guardava, pacata e pericolosa.
- noi sappiamo -
Non aggiunse altro.
La donna lo toccò sulla spalla affinché si voltasse verso di lei. In mano reggeva una mela rossa.
Chissà da dove l'aveva tirata fuori.
Ma, tutto sommato, poco importava scoprirlo di fronte al fatto, ben più rilevante, che, senza dubbio, loro sapevano.

Il tragitto non fu molto lungo, quanto bastò a percorrere una strada secondaria e poco battuta che li condusse al limite del bosco. Sapeva esattamente dove si trovavano: difficilmente qualcuno sarebbe passato a disturbarli. Ora, oltre che spaventato, era anche decisamente preoccupato. Di passi falsi non gli sembrava di averne commessi. Quando aveva colpito Angelo si trovavano da soli nella toilette. Di questo ne aveva assoluta certezza. Nessuno lo aveva visto, neppure i fratelli Ciocchetti, sui quali era riuscito a far interamente ricadere la colpa dell'omicidio che lui aveva commesso. Tutti erano caduti nella trappola che aveva escogitato, compreso il commissario Volcan con tutto il benemerito corpo locale di Polizia. Un piano senza difetti, eppure loro due... Ma, innanzitutto, chi erano quell'uomo e quella donna? Certo non persone del posto, come aveva già avuto modo di constatare. Anzi, avevano proprio l'aspetto di due turisti. Ma le apparenze, evidentemente, dovevano essere ingannevoli, perché i turisti sciano, vanno sullo slittino o sul bob, fanno compere, riempiono i ristoranti e fanno tante altre cose a pensarci, ma di certo non sequestrano assassini. Agenti in borghese allora, mandati lì in missione? Sembrava francamente impossibile, dato che le indagini le aveva condotte e concluse Volcan. Amici di Angelo forse? Altrettanto impossibile: li conosceva tutti a uno a uno, compresi i semplici conoscenti. A meno di ipotizzare che li avesse frequentati negli ultimi mesi, durante i quali loro due non si erano più visti. Improbabile, eppure una spiegazione che giustificasse la loro esistenza e l'angosciante situazione in cui si trovava in quel momento doveva pure esserci.

- si starà ponendo un sacco di domande, signor Lorenz, dal momento che ha dimostrato di essere una persona tutt'altro che stupida -

Annuì all'uomo, che ora si era voltato verso di lui. La donna continuava a rigirare fra le mani la mela. La buccia mandava qualche lieve riflesso.

- provi a formularcene una a sua scelta allora -
- chi siete? -
- ha scelto la domanda sbagliata. Stia più attento e riprovi

La mela continuava a girare come un pianeta in orbita. L'uomo fece per estrarre qualcosa dalla tasca del giubbotto: ripensò all'oggetto che gli era stato premuto contro il rene ed ebbe uno scatto di panico.

- veda di non agitarsi - lo esortò la donna, senza smettere di giocare con il pomo maturo e dall'aspetto succulento. Il suo sguardo emanava freddezza e distanza. Aveva un sorriso carico di minaccia.

- davvero non saprei... -balbettò con un tono un po' troppo acuto
- potrebbe allora accettare un suggerimento? -
- sì -
- comincerei dunque dalla domanda più semplice -
- che sarebbe? -
- cosa vogliamo che lei faccia -
- ditemi -

La mela atterrò dolcemente sul sedile e fra le mani della donna comparvero un quaderno e una biro color nero.

- scriva -

- cosa? -

- mi verrebbe da dirle *io sono un assassino*, ma su questo punto torneremo più tardi. Dunque, vediamo... Tu cosa suggerisci? - si era rivolto alla donna. Lorenz ebbe un altro scatto incontrollabile.

- che ne dici di *mi chiamo Diego Lorenz e non sopportavo che Angelo Mela mi avesse lasciato*? -

- mi sembra un'ottima idea. Prego, proceda pure. Non sono ammesse obiezioni, ovviamente -

Si appoggiò sullo schienale del sedile anteriore e scrisse quanto gli era stato detto. Quando ebbe terminato, l'uomo gli sfilò il quaderno di mano ed esaminò il breve testo, confrontandolo con qualcosa sul suo cellulare. Poi lo passò alla donna che fece la stessa cosa. Senza scambiarsi una parola, annuirono; entrambi soddisfatti.

- bene, la prima richiesta è stata evasa con successo. Non che avessimo bisogno di particolari conferme, ma al commissario Volcan faranno sicuramente comodo -

- di cosa sta parlando? - sbottò in falsetto

- di quello che ha appena messo per iscritto -

- siete stati voi ad obbligarmi a farlo! Angelo era un mio caro amico ma niente di più -

- difficilmente ad un "amico" si regalano romanzi con dediche come quelle che lei ha composto. Non si affanni a negare, sarebbe tempo perso: io e la mia collega abbiamo appena accertato che la grafia è la sua oltre ogni ragionevole dubbio -

Gli sventolò davanti agli occhi il cellulare, sul quale campeggiavano le foto di alcune sue dediche. La donna aveva ripreso a far girare la mela.

- ora, avendo appurato che lei è un pessimo attore e, di conseguenza, un mentitore inetto, le suggerirei di passare alla domanda successiva -

Lo fissava in attesa di una sua reazione, ma lui non aveva idea di cosa dire. Il suo piano aveva preso una svolta tragica e inaspettata, dalla quale non era pronto a difendersi perché non l'aveva calcolata e non sapeva improvvisare.

- non è curioso di sapere come abbiamo fatto a incastrarla? -

- ma, insomma, finitela! - si ribellò - non so di cosa stiate parlando e non so neppure chi siete! Fatemi uscire di qui!!! -

Fece per afferrare la maniglia, ma la donna lo colpì al polso con il taglio della mano. Tutto l'avambraccio gli formicolava, impossibilitato a muoversi. L'uomo estrasse dalla tasca un tesserino, sul quale era ben visibile la sua fototessera e la dicitura "Polizia di Stato".

- lei non si muove finché non glielo diciamo noi -

- ma non potete trattenermi qui! Non siamo in un commissariato! -

- siamo stati autorizzati a farlo in base alla procedura 124 - aveva scelto un numero a tre cifre sperando che suonasse sufficientemente altisonante. Uno di quattro rischiava di sembrare poco plausibile anche per il paese più burocratico del mondo - e continueremo fino a quando non saremo soddisfatti -

- dove si trova il commissario Volcan? Perché non è qui con voi? -

- questa è un'informazione riservata e classificata - rispose sforzandosi di non scoppiare a ridere: il momento era cruciale e richiedeva la massima serietà per risultare almeno minimamente credibile.

- veda di collaborare senza troppe storie. Tanto l'ergastolo ormai non glielo leva più nessuno, caro Lorenz - incalzò Irene palleggiando la mela da una mano all'altra come un giocoliere.

- ergastolo???? Ma cosa va dicendo! -

- è la pena prevista per omicidio volontario e premeditato - replicò Bezzi facendosi vicino e minaccioso - e non mi riferisco solo all'assassinio di Angelo Mela, ma anche a quello di Ernesto Ciocchetti. Per sua fortuna, Piero ha invece provveduto da sé a lasciare questo mondo, altrimenti ne avrebbe avuti in totale tre di morti ammazzati a carico -

- è stato visto uscire dalla finestra dei bagni del teatro con in mano il martello da geologo che aveva sottratto a Mela. Siamo riusciti ad individuare un testimone che a Volcan era sfuggito. Non c'è speranza di cavarsela, Lorenz. Confessi e facciamola finita - aggiunse Irene, secondo quanto avevano pianificato con Bezzi: il bluff era l'unica possibilità che avevano di farlo crollare.

- il martello, il martello, caro Diego - proseguì il commissario - quello con cui li ha uccisi entrambi. È stato in gamba, sa, ad allontanare da sé qualsiasi sospetto; ma un martello da GEOLOGO! dico, ce lo vede un galeotto come Ernesto Ciocchetti procurarsi un utensile così particolare? Peccato: se non avesse commesso quell'errore puerile non avremmo mai mangiato la foglia e ora sarebbe un uomo libero e immacolato. Quasi un vedovo nella sua distorta prospettiva. Certo, c'è pur sempre quella dedica sibillina che gli ha scritto per il suo ultimo compleanno, ma... un martello da geologo è ben altro indizio. E noi siamo bravi, sa, a trovare testimoni quando riteniamo che gli indizi lo meritino. Più bravi perfino di Volcan, che se la cava bene con questo mestiere ma pecca di troppa fretta. E non le dico allora la soddisfazione quando un turista ci ha riferito di aver visto un uomo delle sue fattezze... -

- basta così - lo interruppe. Con un fare inaspettatamente calmo e composto si sistemò sul sedile e li fissò entrambi. Gli parve avessero adesso un'espressione compassionevole e comprensiva. Forse fu proprio quella, oltre a quanto gli era stato appena riportato, a indurlo a confessare. Cosa che fece in modo metodico e sistematico, come se stesse leggendo un discorso preparato per l'occasione.

216

Capitolo 25

L'ultimo giorno di libertà di Diego Lorenz si concluse poco prima di mezzogiorno. Senza spuntino al bar preferito, senza convegno nel magnifico castello e senza principesco rinfresco, ma davanti alla faccia arcigna, infastidita e un po' stupita del commissario Volcan. Ce lo avevano condotto loro, il misterioso e minaccioso duo della giustizia, al suo cospetto, sbrigando la faccenda in modo informale, e quasi, gli veniva da pensare, amichevole, dato che non lo avevano ammanettato come si era immaginato, ma semplicemente accompagnato al suo piccolo ufficio, nell'anticamera del quale avevano atteso piuttosto a lungo prima che questi li ricevesse. Gli eventi, a ben pensarci, si erano svolti in modo piuttosto anomalo, rispetto a quella che riteneva dovesse essere una normale procedura d'ufficio. Appena Volcan si era affacciato sulla soglia, infatti, l'uomo era scattato in piedi quasi avesse intenzione di placcarlo ed atterrarlo al suolo. Prima che potesse aprire bocca, lo aveva anticipato domandandogli se potevano scambiare due parole nel suo ufficio, a porte chiuse. La reazione di Volcan era stata piuttosto veemente, quasi scortese. Aveva infatti iniziato esclamando "ma cosa ci fate qui con D...", quando l'uomo lo aveva praticamente zittito guardandolo di traverso e facendogli segno con la testa di non parlare. A quel punto Volcan aveva fatto un mezzo passo indietro, quanto era bastato all'altro per varcare la soglia e chiudere bruscamente la porta.

Lui e la donna erano rimasti seduti sulla panca di legno chiaro. Lei aveva uno sguardo senza mezzi termini che gli fece passare qualsiasi velleità di muoversi o fare domande. Rassegnato, attese il suo destino.

Ci volle quasi mezz'ora prima che il commissario Volcan uscisse nuovamente, con un passo lento e mesto.

- ho ascoltato la tua confessione, Diego -

- ascoltato? -
- oh sì - confermò la donna - mi ero dimenticata di dirle che l'abbiamo registrata mentre ci raccontava tutto. Un imperdonabile errore di distrazione -
- tecnicamente - riprese Volcan - e giuridicamente questa confessione non ha alcun valore per il modo in cui è stata ottenuta. Se vuoi puoi andartene anche adesso -
Lorenz fece per alzarsi.
- ma ormai sappiamo qual è la verità, come sono realmente andate le cose. Li hai uccisi tu e, prima o poi, riusciremo a provarlo in modo ufficiale. E il risultato, per te, sarà comunque la prigione a vita. Aggiungo che, in quanto sospettato, non ti è permesso di allontanarti da casa tua: quindi è inutile che mediti di fuggire, perché ti metterò un agente di piantone fuori dalla porta finché non avremo concluso le indagini -
Tornò a sedersi. Si erano attesi una reazione irata, dal momento che gli avevano in pratica rivelato di essere stato ingannato, anche se Volcan si era ben guardato dal precisare che non esisteva alcun testimone. Invece non disse e non fece nulla, se non guardare per terra fino a quando una coppia di agenti, chiamata dal commissario, non lo portò in cella, in attesa di fornire una confessione conforme a tutti i crismi legali.
- per fortuna si è arreso, altrimenti il modo per incastrarlo non lo avremmo trovato mai. Grazie, Bezzi -
- di nulla. Le bugie a fin di bene sono le uniche compatibili con la giustizia -
- non ne sono molto convinto, ma almeno sono utili -
- a volte indispensabili -
Calò il silenzio.
- rimarremo qui ancora per qualche giorno, commissario
- mi fa piacere -
- anche a noi. Questi posti sono di una bellezza indescrivibile -
- non ne esistono di migliori al mondo. Almeno per me -

- mi piacerebbe invitarla a cena, prima di partire -
- ha trovato un ristorante più buono di quello in cui vi ho portato io? -
- no. Pensavo a una cena a casa nostra. Come cuoco non me la cavo male -
Si scambiarono uno sguardo piano e disteso, come se si incrociassero per la prima volta lungo un sentiero.
- va bene. Io non me ne intendo molto, ma mi piacerebbe portare il dolce -
- sono sicuro che farà un'ottima scelta. Rimaniamo per domani sera alle otto -
Si strinsero la mano, tutti e tre. Poi Volcan si avviò verso la cella.

- Hai già pensato a cosa cucinare domani? -
- per il momento ne ho solo una vaga idea, perché mi voglio concentrare sulla nostra prossima meta, che non saranno i negozi di alimentari e neppure le gastronomie -
- dove vorresti andare? -
Le campane avevano appena rintoccato l'una. Per il paese non si aggirava quasi nessuno e la voce del torrente sarebbe stata fragorosa, gonfia della neve caduta, se il freddo avesse cessato di mordere qualsiasi entità organica. La valle correva diritta per un lungo tratto in direzione del filo di corrente libero dal gelo ed era bianca come un foglio ancora nuovo. Il moto dell'acqua sembrava lasciarla indifferente, mentre il sole iniziava il suo declino pomeridiano. Il panorama era pieno di silenzio.
- vorrei fare un'ultima visita alla signora Felicetti -
- ti affascina quella donna? -
- forse. Sembra che in lei queste montagne prendano forma -
Questa volta la trovarono in casa. Dalla finestra affacciata sulla valle li aveva visti salire, lenti e traballanti in mezzo alla neve alta, e li aveva riconosciuti subito. Si era fatta sull'uscio e gli aveva aperto la porta richiudendola in

fretta, prima che troppo calore fuggisse dall'ingresso.

- a saperlo che sareste venuti, avrei aspettato a pranzare -

- non si preoccupi, abbiamo già mangiato anche noi - mentì Bezzi

- a mezzogiorno come noi del posto? -

- sì, una buona abitudine che spero di conservare quando tornerò a casa -

- vi tratterrete ancora, spero -

- qualche giorno -

- le bestie sono di buon umore oggi - osservò di punto in bianco - negli ultimi giorni c'erano in giro le volpi, che devono averle innervosite. Le fiutano, sapete? Ma ora si sono di nuovo ritirate dentro al bosco -

- ne abbiamo incontrata una anche noi -

- ah sì? E dove? -

- alle Respe -

- ci siete poi stati, allora -

- sì, il giorno dopo essere venuti a trovarla -

- quel posto mi fa venire in mente Angelo -

- già, e siamo qui per questo -

- si è scoperto chi lo ha ucciso? -

- sì. Il caso è stato chiuso proprio oggi. Le va di sapere come è andata? -

- no. La violenza e la morte mi è bastato affrontarle una sola volta nella mia vita. Mi dica solo chi è che lo ha ucciso -

Gli fece il nome di Lorenz, che alla donna non diceva nulla.

- non lo conosco, anche se è di Canazei. Si vede che non veniva spesso da queste parti come Angelo -

Non gli chiese altro, neppure il movente. Sapere che era stata fatta giustizia doveva sembrarle più che sufficiente.

- certe cose qui non dovrebbero capitare. Le montagne sono fatte per altro. Per viverci senza farsi del male, se proprio non si riesce a volersi bene. Ma poi noi non le ascoltiamo, non le rispettiamo, ed ecco che... succede quel

che è successo, dopo tanti anni dall'ultima volta... -
Scosse la testa, interdetta più che rassegnata.
- per fortuna che ho le mie vacche da accudire. Sono come figlie, le figlie mie e di questi posti, che loro capiscono meglio di noi. Loro non le tradiscono le montagne -
Non trovavano altro da dirsi. Anche Irene non apriva bocca, guardando assente verso la stufa. L'odore di legna e fuoco che ne emanava era buono, misterioso e consueto. Cercò di ricordarsi come doveva essere l'odore della montagna in primavera, quando il verde è vivo e gli insetti brulicano sulla terra e sciamano nell'aria. C'era stata una volta, da bambina, prima che il destino la schiacciasse, e la vita scorreva ancora con la leggerezza dovuta e non pretesa. Poi quell'offesa immane che l'aveva marchiata nella mandria dei dannati. E i ricordi, andati, disintegrati dal vuoto del presente. Aveva raccolto un fiore nel mezzo di uno sconfinato prato in salita, variopinto da una tavolozza di petali. Il fiore era giallo, di questo era certa, polposo e delicato. Lo aveva accostato al naso, reggendolo per il gambo leggero; si sforzò, concentrandosi su se stessa, piccola, bionda e paffuta, sola in mezzo al ronzio delle api e dei bombi... All'improvviso ebbe paura di andare oltre, ma l'immagine la risucchiava ormai con troppa forza. E allora varcò la soglia e rammentò tutti gli odori: il fiore, l'erba, l'aria leggera, la terra morbida. Il passato: quello che era stato, finalmente più significativo di quello che sarebbe accaduto poi. Guardò Fulvio, immaginandolo come la sponda opposta di un fiume vuoto di acqua. La similitudine pareva funzionare alla perfezione, e si sentì felice di aver attraversato il ponte, nonostante lo avesse fatto al buio.
- non è solo per raccontarle di Mela che Fulvio è venuto qui -
Bezzi sollevò un sopracciglio. Adelaide la osservò incuriosita. Fino a quel momento non aveva detto nulla.
- voleva rivederla -

- me? Perché? - sembrava confusa
- perché lei è uno spirito puro, Adelaide -
- non la capisco -
- ha ragione: ho parlato in modo difficile. Intendevo dire
che lei è come queste montagne. Penso che così sia tutto
più chiaro - le sorrise e le afferrò una mano.
- sì, adesso ho capito - sorrise anche lei.
- e anche io sono contenta di essere qui con lei. Le sono
molto grata, anche se non posso spiegarle perché -
- non serve -

- a me non vuoi spiegarlo perché sei così grata ad
Adelaide Felicetti -
- no, ma è probabile che tu beneficerai delle positive conseguenze -
- di cosa? -
- del motivo per cui le sono grata -
- almeno posso sapere qualcosa di queste conseguenze? -
Si trovavano in auto, diretti al piazzale del teatro, dove
avrebbero parcheggiato prima di esplorare i negozi di
alimentari del paese, la cui apertura pomeridiana era prevista per le tre. Essendo da poco passate le due, avrebbero avuto tutto il tempo di consumare uno spuntino all'e-
noteca ben nota al commissario.
- sei davvero così impaziente? -
- assolutamente sì -
- penso che resterò -
- ti trasferisci in montagna? -
- mi risulta che tu abiti altrove -
- mi risulta che tu sappia bene dove abito e conosca ap-
profonditamente il mio appartamento -
- solo alcune stanze -
- allora non torni nel tuo paradiso oltre oceano? -
- preferiresti che lo facessi? -
- tutt'altro. La distanza è fondamentale in certe situazioni.
Più è ridotta, meglio è -

- potrei diventare la tua dirimpettaia -
- appena si libera l'appartamento di fronte al mio te lo faccio sapere -
- ti va davvero? - un'ombra di incertezza le velò la voce:
- mi sembra una domanda superflua e fuori luogo. Come extraterrestre me la caverò benissimo -
- forse anche come argine -
- come? -
- lascia perdere -
- d'accordo -
- allora, hai deciso il menù di domani? -
- per il momento solo il vino -
- quale? -
- Teroldego, naturalmente. A Mela glielo dobbiamo -

naz   7

Spe   za   li

duato   l   à   sp

so Pian   fo n   e

1340   m.   cce

old

ess   iol mol   to

Per il prosieguo della lettura, l'enigma è riportato a pagina 94